聖剣使いの禁呪詠唱

11

The Swordbringer comes back.

「きっとあなたは責任をとってくれるでしょう？」

ミラ
アメリカ支部副支部長。
諸葉に色仕掛けを……？
諸葉、オトナの色気に陥落!?
官能に迫るアメリカ支部の誘惑。

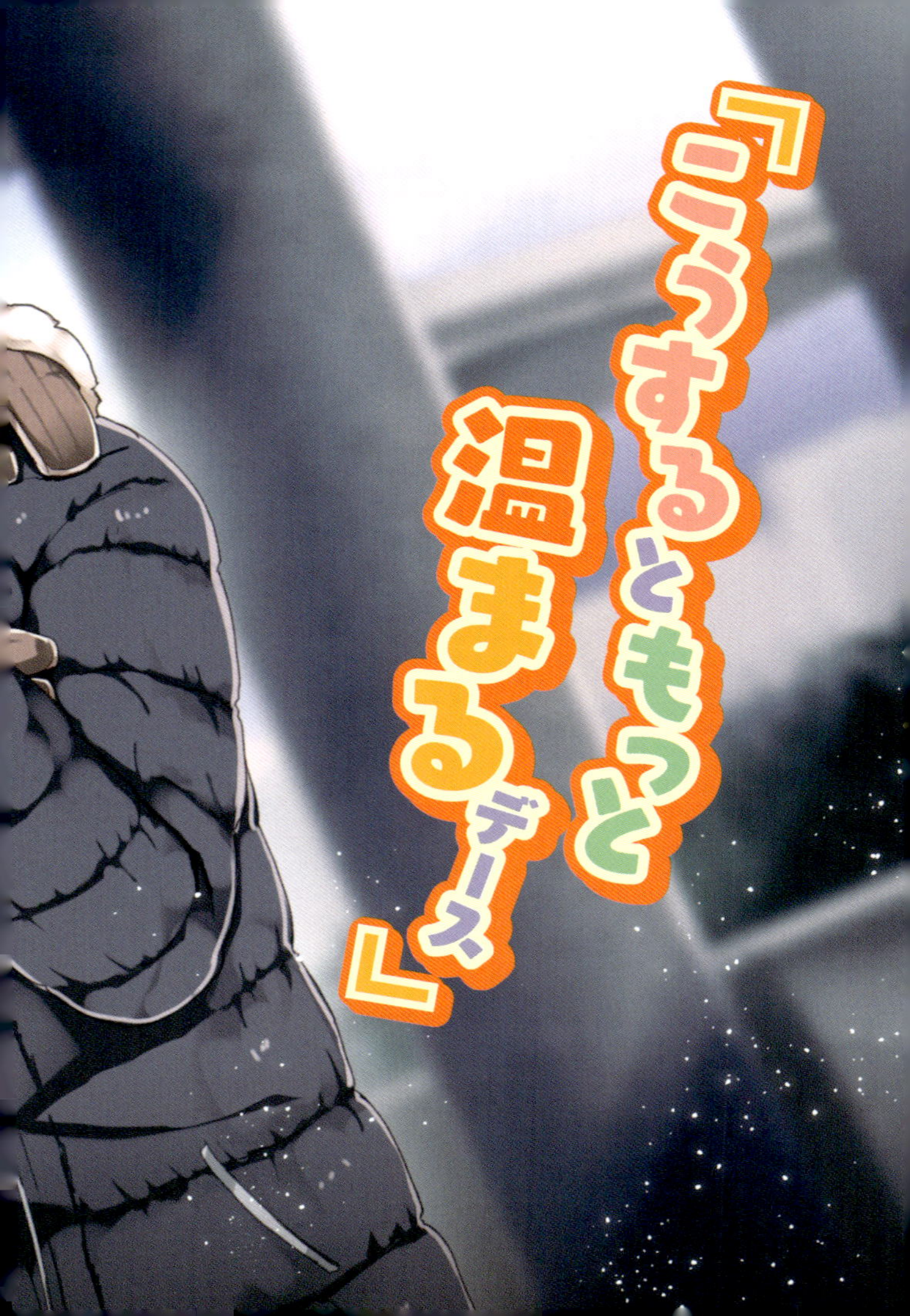
『こうするともっと温まるデース』

寒さも吹き飛ぶスキンシップ！
NYの旅はソフィア先輩と密着♥

アーリン・
ハイバリー
アメリカ支部長の19歳。
現世最高の天才発明家。

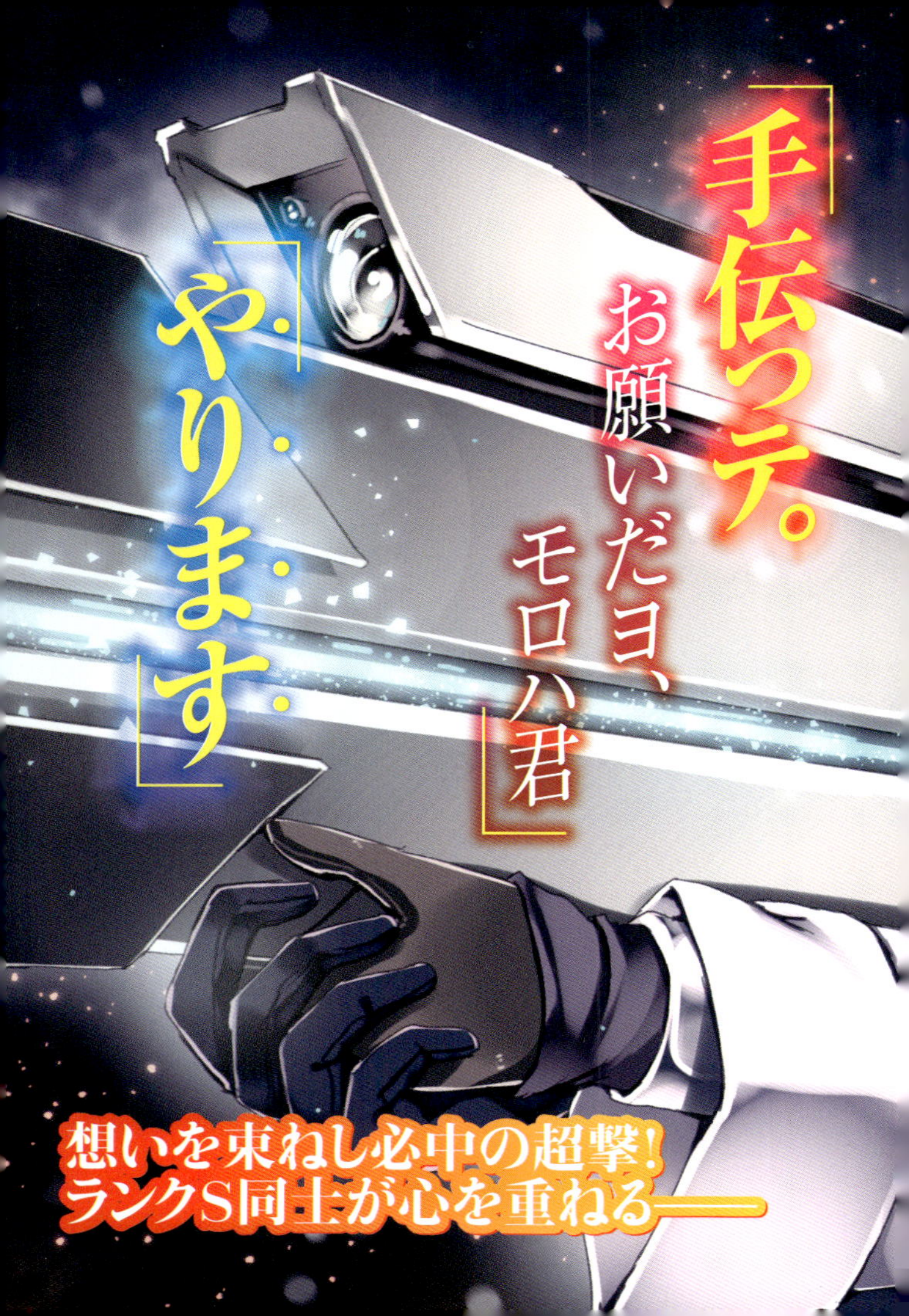
「手伝ッテ。
お願いだヨ、
モロハ君」
「やり……ます」
想いを束ねし必中の超撃！
ランクS同士が心を重ねる——

CONTENTS

The Swordbringer comes back.

聖剣使いの禁呪詠唱《ワールドブレイク》 11

あわむら赤光

GA文庫

CHARACTERS

キャラクター紹介

2つの前世をもつ少年

灰村諸葉《はいむらもろは》

イラスト／refeia
サツキの前世
聖剣の巫女
善なる心の妹姫
嵐城サツキ
らんじょうサツキ
才能を隠す優等生
漆原静乃
うるしばらしずの
静乃の前世
王佐の魔女

おうちへ帰ろう
みんなで帰ろう

その少女がまだ十五だった時分の、冬のことである。

アメリカ支部・ニューヨーク本局の玄関先で、少女は声の限りに怒鳴《どな》っていた。

「信じられないデス！　どうして行っちゃうんデスか⁉」

激しい非難。

それを、目前の男にぶつけ続ける。

スーツをパリッと着こなし、決して振り返ろうとしないその背中。

毅然《きぜん》と背筋を伸ばし、迷いなく肩を張り、部屋を引き払って去っていく。

彼の名はフランチェスク。

支部最強の黒魔《くろま》で、少女にとって恩人で、《救世主《セイヴァー》》としての師匠《ししょう》の片割れで、初恋の人で、片想いの相手。

「答えて欲しいデス、チェスク！」

少女は彼の背中に向かい、懸命に叫び続ける。

振り向かせようと訴え続ける。

初めて会ったその時は、自分を庇《かば》い、守ってくれた彼の背が、少女の目にはあんなにも頼もしく映ったのに。

今、ひどく遠い。

果たしてフランチェスクは答えてくれた。

「サー・エドワードが……かの白騎士《しろきし》がだよ？　幾度と言わず請うてくれたんだ」

ただしやっぱり振り返らず、感情を押し殺した声で。

「アメリカ支部にだってチェスクの力は必要デス！」

「それはないよ」

少女の必死の求めを、フランチェスクはやんわりとした口調で、しかしきっぱりと否定する。

「ボスがいれば、極論この支部に《闇術の使い手《ダークセイヴァー》》は必要ないんだ。必要なのはボスを護《まも》る騎士。ナズリもザグナも強くなったし、後続も伸びている。何よりレイがいる。アメリカ支部は私がいなくても盤石《ばんじやく》さ。それはおまえだってわかってるだろう？　引き止めてくれる気持ちはうれしい。でも今の嘘《うそ》は、私の矜持《きようじ》を傷つけるものでしかない」

「わかんないデス！　チェスクの言葉は時々難しくて、わかんないデス！」

「では簡潔《シンプル》に言おうか。男冥利《おとこみようり》に尽きる——そう思ってしまったんだ。行かせてくれ」

背を向けたまま、フランチェスクはそう語った。

大好きな甘いマスクも、そのくせ精悍《せいかん》に引き締められた表情も、もう見せてくれない。

少女は胸に穴が空《あ》いたような気持ちに陥《おちい》った。

その穴が今この時も、どんどん大きくなっていく虚《むな》しさに苛《さいな》まれた。

足元が崩れ、自分が立っている感覚がなくなっていくようだと、言い換えてもいい。

少女は髪を振り乱して、隣に立つ女の服をつかんだ。

「レイからも何か言ってあげて欲しいデス！」

腕を組み、仁王立ちし、無言で見送ろうとしていたメレインの服の裾を。

他には誰もいない。〝裏切者〟を送別しようなんて酔狂《すいきょう》な輩《やから》は。

今、頼れるのはメレインだけ。

フランチェスクと熱烈な恋仲である彼女だけ。

少女はもうしがみつき、メレインの逞《たくま》しい体に顔を埋《うず》めながら懇願《こんがん》する。

「何も、言うことはないっ」

でもメレインの口から、期待した台詞は出てこなかった。

少女は愕然《がくぜん》となって顔を上げる。

「ボスの言葉を思い出せ。来る者拒《こば》まず、去る者追わず。それが自由の国の、自由を守る《救世主《セイヴァー》》の心意気だ」

腕組みし、仁王立ちしたまま、メレインは宣言するように言った。

フランチェスクが背を向けたまま、何度もうなずいた。

「レイはそれでいいのデスか⁉　恋人なのに行かせるのデスか⁉」

「冥利に尽きて、それに心中《しんじゅう》しないような軟弱《なんじゃく》モンに、アタシは惚《ほ》れない」

「言ってることが難しくてわからないデスっ、レイのくせに！」

少女は駄々《だだ》をこねるように泣きわめいた。

しかし大人たちは取り合ってもくれず、

「バイバイ、チェスク。愛してるよ」

「ありがとう、レイ。私も愛している」

大人《おとな》たちにしかわからない言葉で、別れを告げ合った。

そうして、フランチェスクはいなくなった。

少女の大きな胸を隅々まで、ずっと温めてくれた恋心はみな巨大な穴から零《こぼ》れ落ちていった。

生まれて初めて味わう、完全無欠の失恋。

少女はメレインから身を離した。

手も離した。

自分の足でしっかり立って、魔法使いが消え去った跡《あと》を睨《にら》み続ける。

「ワタシは絶対に、アメリカ支部を裏切らないデス……。絶対に……」

その声音同様、決意は重く。

しかし運命は数奇《すうき》で。

半年後、少女は日本にある亜鐘《あかね》学園への留学を言い渡される。

もちろんNOと主張したが、ボスの命令は絶対だ。
覆《くつがえ》ることはなく、渋々渡航《しぶしぶとこう》した。
そして、さらに三年の時が経《た》つ。

少女は――ソフィア・メルテザッカーは、亜鐘学園卒業を目前に控えていた。
あの日の誓《ちか》いは忘れていない。
決意も、いささかも色褪《いろあ》せてはいない。
けれど……。
アメリカに帰るか。
日本に残るか。
ソフィアは今、その岐路《きろ》に立っている。

聖剣使いの
禁呪詠唱《ワールドブレイク》

SECTION 1

第一章　別れの季節はもう目の前で

一月はいぬる、二月は逃げる、三月は去る。

古いことわざだが、年が明けると時間が経《た》つのが早く感じるという。

それは亜鐘《あかね》学園においても変わりないどころか、顕著《けんちょ》だと灰村諸葉《はいむらもろは》には思えた。

正月が終わったかと思うと、もう二月が来ている。

どうしてこんなに月日の流れが早く感じられるのか？

諸葉は考え、すぐに答えに至った。

毎日顔を合わせ、語らい、笑い合った人々がたくさん、いなくなったからだ。

具体的には、実戦部隊《ストライカーズ》の三年生たちである。

亜鐘学園では三年の三学期になると、授業の代わりに日本支部各局での実習が始まる。

三年生は全員、各地を転々とし、滅多に学校へ戻ってこなくなる。

校舎にも寮《りょう》にも彼らの姿がなくなり、彼らとすごす時間がなくなった分、諸葉には日々の密度が薄まって感じられるのだ。

自然、放課後の特別演習も隊長の石動《いするぎ》を欠いて、締まらない空気に――

「キミたちの実力はそんなものデスか⁉　神社の階段でウサギ跳びして鍛えてくるデスか⁉」

「ぎぇぇぇぇぇぇっ、それ黒魔《くろま》に必要ねーですしっっ」


——なったりもせず、今日も特訓は激しかった。

唯一残っている三年生、ソフィアの叱咤《しった》が武道館に木霊《こだま》する。

「トキコとドーイチが卒業したら、正隊員の黒魔はカメキチとハンタの二人だけデス。戦力半減？　NO！　カメキチとハンタの実力は、トキコたちに遠く及んでない以上、半減どころの話じゃないデスね？　その危機感をちゃんと持っているデスか？」

厳しいご指摘。ソフィアは陽気で、丈弦《たけつる》同様によく下を可愛《かわい》がってくれる先輩だが、丈弦と違って必要とあらばトコトン厳しくなれる。心を鬼《おに》にできる。

「さあ《Come on》、もう一度《try again》！」

実技場《アリーナ》に仁王立ちし、一メートル超（！）の豊かな胸をドンと叩《たた》く。

「「「うぇ～～い」」」

絶賛こってりしぼられ中の、黒魔部隊が返事をする。

先頭に立つのは二年、万年堂亀吉《まんねんどうかめきち》と竹中半太《たけなかはんた》。ともにランクC。

その後に並ぶのは一年と二年の予備隊員たちだ。

「声に力がないデス！　情けない子には校庭十周が待っているデスよ!?」

ソフィアに活《かつ》を入れられ、小さな悲鳴が口々に漏《も》れる。

仕方なさげに、半《なか》ばヤケクソ気味に詠唱し、スペリングを始める。

「「「冥界《めいかい》に煉獄《れんごく》あり！　地上に燎原《りようげん》あり！」」」

「「「炎は平等なりて善悪混沌《こんとん》一切合財《いつさいがつさい》を焼尽《しようじん》しっ、浄化しむる激しき慈悲《じひ》なりっっっ」」」

炎の第一階梯《かいてい》、《火炎《フレアー》》。及び第二階梯の《猛火《ブレイズ》》。

次々と放たれ、炎の波となってソフィアへ押し寄せる。

しかしソフィアはまるで臆さず、鋭い気勢とともに、右の拳《こぶし》を突いた。

剛拳《ごうけん》が唸《うな》りを上げ、たちまち風を巻き起こす。

その拳風《けんぷう》に破壊の力――ブライトイエローの通力《プラーナ》を乗せ、放つ。

源祖《アンセスタル》の業《アーツ》の光技《こうぎ》、《太歳《たいさい》》。

しかもソフィアは止まらない。

すかさず左の拳を突き、《太歳《たいさい》》のダブル。さらにもう一度右の拳を突き、トリプル。

光技の中でも大技に分類される《太歳《たいさい》》である。一呼吸の間にそうそう連発できるものではない。かつてＡＪがダブルを放ってみせたが、ソフィアはその一つ上を行ってみせた。ことパワーにおいて、彼女が如何《いか》に規格外の通力《プラーナ》の持ち主か、その証左と言えよう。

燦然《さんぜん》と輝く破壊の風が、三重の層を作って炎の波に真っ向ぶつかる。

初撃で火勢を弱め、次撃で押し返し、三撃目で完全に魔力《マーナ》の炎を消し飛ばす。

それだけにとどまらず、黒魔部隊に吹きつける。

破壊の力はもうほとんど残っていなかったが、足腰を鍛えていない隊員たちが稲穂《いなほ》の如《ごと》くバタバタと倒れていく。

「全然なってないデーーーーース！」

耳をつんざくようなソフィアのダメ出し。

「闇術《あんじゅつ》の威力が光技に負けるなんて全くお話にならないデス！　しかもワタシ一人に、しかも武器ナシの威力が収束しきれてない《太歳《たいさい》》に、負けていいてどうするんデスか⁉」

歯に衣着《きぬ》せぬ叱責《しっせき》が、ビシビシと飛ぶ。

黒魔の隊員たちはうずくまって痛みを堪《こら》えながら、それを聞く。

普段ウザいほど元気な亀吉ですら、面白《おもしろ》いことを言い返せないくらい打ちのめされている。

――と。そんなアリーナの様子を、諸葉や白鉄《しろがね》の隊員たちは見学席から見守っていた。

「ソフィー先輩、きぃびぃしぃ……」

右隣で、嵐城《らんじょう》サツキがまるで我がことのように首を竦《すく》める。

ソフィアの鬼軍曹《おにぐんそう》っぷりがそんなに恐《こわ》いのか、我知らずとばかりに諸葉の腕をつかんでいる。

「でもホントのことじゃん」

左隣で、百地春鹿《ももちはるか》がぶっきらぼうに言った。

男の子みたいにあぐらを組んで、スカートから脚線美を無頓着《むとんちやく》にさらけ出している。

「来年はアタシたちだけで戦うんだぞ？　あそこに立ってる連中に背中を預けるんだぞ？　しっかりしてくれなきゃ困るじゃん」

諸葉も半《なか》ば同意で、

「卒業する前にしっかり薫陶《くんとう》を残していこうっていう、ソフィー先輩はさすがだよ」

研修に行っている正隊員の黒魔、鬼副長・神崎斎子《かんざきときこ》と堂島《どうじま》はどちらもランクBだ。

実戦において黒魔の火力支援は極めて重要なのに、二人が抜ける穴はどれだけ大きいか。

「最近すごく痛感するわー。先輩たちって本当に強かったのねえ……」

「だって黄金世代だぞ？　アタシら白鉄部隊だって対岸の火事じゃないけどさー」

サツキと春鹿がぼやき合う。

三年が抜けると、ランクAの石動迅《じん》、ソフィアや宗谷真奈子《そうやまなこ》含むランクBが五人、ランクCの丈弦初介《ういすけ》と、ゴッソリいなくなる。

残りは諸葉とランクBのサツキ、春鹿だけ。

白鉄にも黒魔にも、二年の予備隊員の中にあとちょっとでランクCに届きそうな者が数名いるが、仮に彼らが来春、正隊員になれたとしても、実戦部隊《ストライカーズ》が大弱体化した感は否《いな》めない。

「アタシら谷間の世代だわ……」

「いや、一年だってだらしないわよ」

春鹿が肩を落とし、サツキが慰《なぐさ》めるような、憤慨《ふんがい》するような口調で言った。

諸葉、サツキ、静乃《しずの》のことは脇に置いて――三学期も半ばだというのに、一年で予備隊員になることができたのはたったの三人。ソフィアに絞られている真っ最中の黒魔たちだ。

その彼らとて大手を振って迎えられたわけではなく、「黒魔は希少だから、物足りなくても目をつむるしかない」という妥協の産物でしかない。

白鉄に至ってはゼロ。実際、四クラス合同演習の時に諸葉も見ているが、大半の生徒がようやく七門を開けられるようになった程度。いきなりコツをつかんで大化けでもしない限り、彼らの《太白《たいはく》》習得は遠そうである。そして、せめてそのレベルではないと、予備部隊に入っても日々のトレーニングに全《まった》くついてこられないだろう。

サツキが険のある目つきでぼやく。

「あたし、聞いたもん。去年の今ごろにはもう、モモ先輩も竹中先輩もカメヨシもランクCになってたんでしょう？　予備隊員だって五人以上はいたって」

現二年生に比べても落ちると言わざるを得ない。

春鹿も膝《ひざ》の上に頬杖《ほおづえ》つきながら、ぼやく。

「入学式の次の日にゃ、諸葉と石動先輩の弟さんがすごい試合したって噂《うわさ》立ってさ。その時はとんでもねー世代かもってみんな言ってたのになー」

およそ一年が経ってフタが開いてみれば、期待外れも甚《はなは》だしいというところか。

サツキと春鹿がそろって「ハァ……」とため息をつく。

二人をよそに、諸葉は椅子の背もたれに寄りかかる。

一段高くなった真後の席では、静乃が我関せずという態度で文庫本を読んでいた。

綺麗《きれい》にそろえられた静乃の足——そのふとももに諸葉は後頭部を載せる。

そこから静乃の顔を見上げ、来年の抱負《ほうふ》なぞ訊《き》いてみた。

「おまえが昼行燈《ひるあんどん》やめたら、火力不足なんか一発解消じゃないのか？」

未《いま》だランクD認定の予備隊員でしかない静乃だが、その実力はランクAのトップクラス。

斎子と堂島が抜けた穴を埋めて、どれだけお釣りが出るだろうか。

今も「体調が優れない」と仮病《けびょう》を使い、ここ見学席でサボっているのだが、ソフィアも静乃の実力を知っているため、今日の特訓の趣旨《しゅし》だといない方が好都合ということで見逃したのだ。

「ランクSの誰かさんがいるのだから、そもそも戦力弱体なんて杞憂《きゆう》ではないかしら？」

御当人は文庫本のページをめくりながら、澄《す》まし顔で答える。

見事にやり返され、諸葉は思わず渋面《じゅうめん》にさせられた。

でも静乃はすぐに文庫本を閉じて、小さな小さなえくぼを浮かべると、

「冗談よ。あなたを独《ひと》りにはさせないから、安心して？」

空いた手で諸葉の頬《ほお》を優しく撫《な》でてくる。

しかしその感触を堪能《たんのう》する間もなく、

「ねえ、兄様《にいさま》……。ナニさりげなくイチャついてるワケ……？　可愛い妹を差し置いて……」

右隣からジトっとした視線で刺してくるサツキさん。

「いや別にイチャついてるわけじゃ――」

「自覚なしってのが余計やらしー。諸葉のすけべ」

左隣からジトっとした視線で刺してくるモモ先輩。

「濡《ぬ》れ衣《ぎぬ》ですよっ。な、静乃？　そうだよな？」

「ええ。こんなのイチャついてるうちにも入らないし、いやらしくもないわ。本気出した諸葉なら無言でスカートの中に頭を突っ込んでくるもの」

「俺《おれ》はどんな変態だよっ？」

両翼からはジト目の集中砲火、背面にはからかうの大好き魔神、イカン俺には味方がいない、と諸葉は起き上がって諸手《もろて》を上げる。

「……まあ、いいわ。そゆことにしといたげる。ウォホン。それより、さっきの話に戻るけど」

ジト目のままだったサツキが途中で咳《せき》払いを挟み、一転して表情を輝かせると、

「あたしもすぐランクSになって、兄様の心の支えになってあげるんだからね！」

熱《ねっ》っぽく訴《うった》えてくる。

「あ、あ、アタシだってランクS……は無理だけど、諸葉の負担を減らせるようがんばるしっ」

春鹿まで負けじと食いついてくる。

二人の想いがうれしくて、諸葉はその気持ちを口にしようとしたが、
サツキと春鹿は互いの台詞が聞き捨てならないとばかりに睨《にら》み合い、激しく火花を散らした。

「ランクSになろうって気概もない人が、どうやって諸葉の負担を減らせるのカシラァ？」

「サツキこそ目標が地に足着いてなさすぎて、口で言って終わるパターンみたいじゃん」

「あたしはホントになるもんっ。なって諸葉と地上最強兄妹《きょうだい》コンビ組むんだもんっ」

「ムリムリ、たとえ強くなったところで、鈍足のおまえじゃ諸葉とコンビはムリ」

「モモ先輩こそ足が速いだけでしょ！　チョーーー広範囲の、チョーーー痛い攻撃《ノウヴル》が飛んできたら、紙屑《かみくず》みたいに燃え尽きちゃうじゃない。その点、あたしだったら自慢の高貴な防御力を活かして、諸葉を背中に庇《かば》ってあげちゃうこともできるワケ！」

「そんな攻撃来ても、範囲外まで走って逃げればいいじゃん。そんでチョッ速《ぱ》やで諸葉のとこへ戻ってくればいいだけじゃん」

「なにその子どもみたいな屁理屈《へりくつ》。言ってて恥《は》ずかしくないワケェ？」

「おまえが言ったのだって、『バーリア！』みたいじゃん」

互いにあげつらうサツキと春鹿。

一方、静乃が後から諸葉の肩に両手を置き、ピッタリくっついてきながら、

「諸葉の隣には私がいればそれで充分なのにね？」

えくぼを浮かべたままこっそり囁《ささや》く。

無論、頭に血が上った二人には聞こえない。

「とにかく、諸葉のパートナーはあたしが立派に勤め上げますから！」

「冗談っ、諸葉の相棒はアタシだもん。迭戈《てつか》さん仕込《じこ》みだもん」

「くっ……だったらあたしはファランガン仕込みよ！」

「誰だよ、そいつ⁉」

「前世であたしに剣を教えてくれた女戦士よ！」

「口から出まかせクサ……」

「違うわよ！　ホントにいたもんっ。教わったもんっっ」

「じゃあショーコだせ、ショーコ！」

第二ラウンドまで勃発《ぼっぱつ》したそこへ——

「お黙りなさい《shut up》、ハルカ！　サツキ！」

ソフィアの怒号がアリーナから轟《とどろ》いた。

声量と言い、鋭さと言い、とんでもない貫録《かんろく》の叱責。

サツキと春鹿が背筋をピィンと伸ばして黙り込む。

「見学だって立派な特訓の一環デース。それも真面目《まじめ》にできないような人たちが、もっと上を目指すだなんてチャンチャラおかしいデース」

サッキと春鹿が「ぐふっ」とうめき声を上げた。大人《おとな》しくなった。

抉《えぐ》り込むようなソフィアの批評。

見計らってソフィアも特訓を再開する。

黒魔部隊に闇術を撃たせて、《太歳《たいさい》》で吹き飛ばしては打擲《ちょうちゃく》する、その繰り返しだ。

吹き荒れる猛風を何度も叩きつけられて、亀吉たちが情けない悲鳴とともに七転八倒《しちてんばっとう》する。

「全然よくならないデース！　皆、気合いが足りないのデス。簡単《simple》な話なのでよく聞いて欲しいデス。大事なのは心《heart》！　心《heart》に火を点《つ》けて、闇術に魂を込めるのデース！」

「USSEEEEE！　さっきから聞いてりゃ、ハート、ハートって、てめー、ハートマン軍曹《ぐんそう》の回し者かよっ。ハートマン軍曹のステマかよっっ」

とうとう亀吉が耐えかねたように、ソフィアにたてついた。

「ほほー。半人前のキミが、一人前に口答えデスか」

ソフィアが半眼になって言った。

亀吉は一瞬、小動物のように怯《ひる》んだが、すぐに威勢を取り戻して、

「魂に火を点けてそれで強くなれるんなら、蒼《あお》い弾丸《だんがん》は要らねェんだよっ。精神論じゃなくて科学的に、スマートに行こうぜ？　不思議ちゃん発言は灰村だけで間に合ってるぜっっっ」

白騎士機関《しろきしきかん》における一般論を一席ぶつ。

そうだそうだとばかりに、同調する黒魔隊員が続出する。

(でも、それは違う)

見学席で諸葉は小さく首を左右にした。《源祖の業《アンセスタルアーツ》》を用いる上で、心の持ちようは大事だ。

「オレ様、ソフィーパイセンの灰村かぶれは度がすぎてると思いマス！」

「それは誤解デス。別にモロハの受け売りで言ってるわけではないデス」

亀吉の非難を、ソフィアは跳《は》ね除《の》ける。

見学席で諸葉は小さく首を縦に振った。

確かにソフィアへは日頃から、乞《こ》われるままにたくさんのことを手ほどきしている。

しかし、心を燃やす要訣《ようけつ》に関しては、ソフィアは最初から会得《えとく》していた。

「それを教えてくれたのは、ワタシを救ってくれて、ワタシを鍛えてくれた恩人デス。アメリカ《America》支部最強の白鉄デス」

「え？　パイセンって〝閃剣《せんけん》〟ヴァン＝パーシーの直弟子《じきでし》だったんか？　終焉剣伝授《フィニッシャーでんじゅ》されたんか？　初耳やで」

「NO。確かに世間的には彼が一番と言われてたデスが、レアな《螢惑《けいこく》》使いでしかも《天眼通《てんげんつう》》を極めたレイの方が、きっと強いとワタシは確信しているデス！」

「あっ……。贔屓目《ひいきめ》ッスかー」

「贔屓目じゃないデス！　ふざけたこと言ってると、いくらカメキチでも頭カチ割るデスよ！」

ソフィアが目を剝《む》いて怒り、亀吉が首を竦める。

「わ、わかったよ。一億万歩譲ってパイセンの恩人《ジンオン》が正しいこと言ってるとして、でも白鉄なんだろ？　オレ様たち黒魔には関係ない心得じゃねえかよ」

往生際《おうじょうぎわ》悪くネチネチと抵抗する亀吉。

ソフィアはまだカッとなった様子で反論。

「そんなことはないデス！　レイだけじゃなくて、黒魔のチェ――」

しかし、台詞がそこで途切れた。

ソフィアがいきなり顔を強張《こわば》らせ、続けられなかったのだ。

怒声に備えるため首をひっこめ、目をつむっていた亀吉が、恐る恐る片目を開ける。

諸葉も、他の誰もが、いったいどうしたのかとソフィアに注視する。

顔を落とし、苦りきった表情をしていた。

何か耐え難い感情、あるいは記憶に苛《さいな》まれているような。

サツキも春鹿も顔を見合わせ、心配げにする。

諸葉だって同じ想いだ。気にならないわけがない。

亀吉が恐る恐るといった様子で引っ込めた首を元に戻し、

「ど、どーしたんスか、急に？」

「なんでもないデス……」

ソフィアはぐっと両拳を握りしめると、顔を上げた。

苦い感情を振り払うように厳しい眼差《まなざ》しをすると、

「とにかく！　上級生の言うことを聞けない悪いコは、おしおきデース」

通力《プラーナ》を纏《まと》った手で、虚空《こくう》に向かってデコピンする。

どんなパワーをしているのか、それだけで巻き起こる突風。

浴びた亀吉たちがゾーっと顔を蒼褪《あおざ》めさせる。

「返事が聞こえないデスよ？」

「「は、はいぃぃぃぃ！」」

亀吉たちが一斉に返事をし、闇術の準備に取りかかる。

「いい返事デス。その調子でもう一度《try again》！」

ソフィアは満足げに首肯《しゆこう》。もういつもの笑顔に戻っている。

しかし――

内心、動揺《どうよう》は去り難い様子に見えてしまうのは、諸葉の気のせいだろうか？


黒魔の隊員たちの後は、白鉄の予備隊員たちがこってりと絞られた。

しかし、特別演習が終わった後で、ソフィアは全員にコロッケを奢《おご》ってくれた。

亜鐘生がよく使う商店街にある、お肉屋さんの特製だ。

ジャンボサイズで食べ応えがすごい。みな大喜びで頬張《ほおば》る。

粒《つぶ》の荒い自家製パン粉を使ったコロモは、まるでスナック菓子のように歯触りが小気味良い。

逆に具のジャガイモは丹念《たんねん》に磨《す》り潰《つぶ》しており、舌触りが滑らか。「たかがコロッケと侮るなかれ」と主張するかのような、気品を醸《かも》し出している。

何よりお肉屋さんのコロッケなので、ミンチ肉がたっぷり入っていてうれしい。

諸葉も時々買い食いする、大好物であった。

「こんな美味《うま》いコロッケ、初めてだよ！」

同じ一年生の、最近入った予備隊員の男子がはしゃいでいたが、あながち大げさとは言えないだろう。ましてあんな特訓の後だ、ひとしお美味《おい》しいはず。

ソフィアらしいアメとムチに諸葉は感心しつつ、無論それを指摘するような野暮《やぼ》はしない。

お肉屋さんからの帰り道。二十人ばかりがゾロゾロと歩く。

商店街を抜け、寮へと近づくに連れて家も人気《ひとけ》もなくなっていくが、そんなことを感じさせない。皆でワイワイ、笑顔と談笑の花を咲かす。

その道すがら、サツキがソフィアに訊《たず》ねた。

「来週、アメリカに帰るんだっけ？」

「YES！　三週間ほどしたらまた日本に戻ってくるので、お土産《みやげ》期待してて欲しいデス」

他の三年の研修と違い、ソフィアは祖国に帰ってまとめて受けるカリキュラムになっている。

留学生である彼女は卒業後、アメリカ支部の《救世主《セイヴァー》》になるのだから。

「ソフィー先輩がいなくなっちゃうと、寂《さび》しくなるなあ」

サツキがしょんぼり肩を落とした。

亜鐘に来るまで友達が一人もできず、入学してもしばらく作れなかったこの「妹」に、最初に気さくに接してくれたのは何を隠そうソフィアである。

「神崎先輩たちもいなくなるけど、その気になれば会える距離だもんなあ……」

春鹿も当てられたように黄昏《たそが》れ出す。

「ワタシだって寂しいデース」

ソフィアが大きな体を使って、サツキと春鹿をまとめてハグする。

三人は足を止め、サツキがひしっと、春鹿がやや照れを残しながら抱きしめ返す。

他の隊員たちが先に行き、にぎやかな空気が去り、しんみりとした雰囲気になる。

しゅんとしているサツキが、ソフィアを見上げながら訊く。

「いっそ日本支部に入っちゃうとか、そういう選択肢はないの？」

「……確かに、一度も考えたことないと言ったら、嘘《うそ》になるデス」

ソフィアが答え、サツキが一瞬表情を輝かす。

「でも、ワタシは祖国《States》を守るデス」

でもすぐに、ぬか喜びと知って肩を落とす。

その肩をソフィアが抱き寄せる。サツキの気持ちはうれしいのだと、雄弁に伝えるように。

ソフィアの目は、前を行く隊員たちに注がれていた。

ポッキーゲームならぬ、コロッケゲームを突如発明する亀吉。無理矢理つき合わされる竹中。

それを見て爆笑する一同。

にぎやかで、丈弦ら三年も揃《そろ》っていれば、きっともっとにぎやかで。

彼らの背を見つめるソフィアの目には、未練の色が浮かんでいるように諸葉には見えた。

でも同時に、

「ワタシはアメリカ《America》支部を裏切るわけにはいかないのデス」

その声には固い決意が宿っているように、諸葉には聞こえたのだ。

「ううう……」

まだグズっているサツキの脇腹を、静乃が肘《ひじ》でつつく。

(いい加減にしなさい。それ以上は万年堂先輩と同じことよ?)

小声で叱《しか》る。つまり、デリカシーを欠いてしまうということだ。

(そこまで口にしちゃいけない話か?)

不思議に思って、諸葉も小声になって訊《たず》ねる。

（人材の流出が止まらないのが、アメリカ支部の悩みなのよ）

静乃の端的な解答に、諸葉はフムと嘆息《たんそく》する。

それが本当なら確かに、ソフィアを日本支部に入らないかと誘うのはデリケートな話だ。

諸葉はさりげなく三人から距離をとる。

静乃もソフィアに聞こえないよう、さらに声をひそめて事情を聞かせてくれる。


白騎士機関の各支部は、他支部の《救世主《セイヴァー》》に対して引き抜きをしかけることがあるらしい。

ただし、成立することは稀《まれ》。

取り立ててメリットがないのに祖国を出て、不慣れな異国に住みたいと思う者はいない。

ゆえに引き抜く方にもそれ相応の準備が必要だが、これが難しい。

各支部には台所事情もあって、際立って良好な待遇（要するに超高サラリー）を用意できるわけではない。無理して大枚をはたき、他国の誰かを引き抜くのに成功したとして、同じ待遇を享受できない自国の《救世主《セイヴァー》》たちは納得できるだろうか？　不満続出に決まっている。

もちろん一方で、引き抜かれる方も黙ってはいない。

さほど重要でない者ならともかく、幹部の引き抜きなど画策した日には、相手方の支部長が出向いてきてそのまま戦争……なんてことが起こっても不思議ではない。

そういう事情と背景があるわけだが、何事にも例外は存在する。

静乃曰《いわ》く、それが件のアメリカ支部なのだという。理由は二つ。
一、アメリカ支部の台所は火の車で、所属《救世主》《セイヴァー》の待遇は他支部より明確に低い。
二、アメリカ支部長は徹底した個人主義者で、部下が移籍を望めばその意思を尊重し、たとえ幹部であろうが黙って行かせてしまう。
ゆえに他の支部は大手を振ってスカウト交渉をしかけ、アメリカの優秀な《救世主》《セイヴァー》たちが過去幾人も流出しているらしい。大元を辿《たど》れば支部長のポリシーにも原因があるとは言え、アメリカ支部を愛する者たちからすればナーバスな問題だろう。


「しかも、ソフィア先輩ご本人にも、何か事情があるようだしね？」

静乃の所感に、諸葉も同意する。

でなければ「裏切るわけにはいかない」などと、シリアスな語感の言葉は使わないはずだ。

いったいどんな事情があるのだろう？

ソフィアはアメリカにどんなものを残してきたのだろう？

それは彼女の眼差しからありありと窺《うかが》えた、日本への未練よりも大きなものなのだろうか？

ソフィアは口で言ってるほど割りきれているようには見えない。

悩みになってなければよいのだがと、心配すればこそ気になる。

そんなことをつらつらと考えていた——その時だ。

携帯電話が鳴って、ソフィアが驚いた様子で取り出し、急いで耳に当てた。

通話相手と英語で話し出す。口調から尋常な雰囲気ではないのが感じとれて、サツキと春鹿が左右から食い入るように見守る。ただ通話時間自体は短いもので、

「だ、誰から……？」

「ボス《boss》からデス」

「え、それってアメリカ支部長のこと⁉」

サツキがおずおずと訊ね、ソフィアが即答し、春鹿が仰天《ぎょうてん》する。

さらにソフィアはケイタイをしまいながら、当惑気味に告げる。

「来週予定していた帰国を、早めることになったデス」

「嘘ーん！」

「支部長直々の命令⁉」

驚き連発のサツキと春鹿を尻目に、ソフィアはいきなり諸葉の方を振り返った。

何事かと怪訝《けげん》にする諸葉へ、ひどく申し訳なさそうに言い出した。

「モロハも一緒に来て欲しいのデス」

「えっ？　俺がですか？」

「YES……。アメリカ《America》支部を助けて欲しいデス」

まるで突拍子《とっぴょうし》もないソフィアの頼み。

サッキと春鹿がとうとう絶叫し、静乃ですら軽く目を瞠《みは》った。

「参ったな……。ソフィー先輩の頼みなら、喜んで引き受けますけど……」

諸葉は頭をかきながら、こう返事するしかなかった。

「でもまあ、とりあえず詳しい話を聞かせてもらえますか？」

サツキと春鹿がウンウンとうなずく。

静乃がすっと目を鋭くする。

ソフィアは「もちろんデス」と了承し、諸葉たちに説明してくれた。

そして――

SECTION 2　第二章　アーリン・ハイバリーの歓迎

ミッション：アメリカ支部を急襲した、魔神級《アークフィーンド》《異端者》を斃《たお》せ。

諸葉《もろは》はその要請《ようせい》を受けて、亜鐘《あかね》学園を後にした。

アメリカ支部から指名があり、日本支部がこれを受諾したので、学校は公休となる。

同行者はソフィアのみ。

サツキたちは当然一緒に行くと主張したのだが、アメリカ支部から丁重にご遠慮願われた。

出発直前、静乃《しずの》が耳打ちしてくれる。

「アメリカ支部は特に危険な政治信条を持ってたりしないし、支部長のアーリン・ハイバリーも魔法の道具《アーティファクト》作りが生き甲斐《いがい》の、さほど害のない人物だと聞くわ。でも、気をつけてね」

「なんにだ？」

「さほど害はないけど無害ではないの。あなたをエレーナさんとぶつけ合わせて、勝たせて、彼女らが危険視していた旧ロシア支部の戦力を、削《そ》いでやろうと画策するくらいのことは平然とするわ？　今回の諸葉の招聘《しょうへい》も、本当に《異端者》《メタフィジカル》退治だけが目的という保証はない」

そのありがたいアドバイスに諸葉は礼を言ったが、静乃は念押ししてきた。

「さっさと退治して、せいぜい高く恩を売りつけて帰るのよ？　絶対よ？」

同行を許可されなかったことがよほど悔しかったのだろう。

そんないきさつがありつつ、諸葉とソフィアは空路を使ってニューヨークへと向かった。

成田《なりた》空港からおよそ十二時間の旅路だ。

そんな気を回す必要はないのに、アメリカ支部はファーストクラスのチケットを手配してくれていた。おかげで諸葉は道中ずっと「おいくら万円するんだよ……もったいない……」と気が気でない。どんなリッチな設備やサービスもかえって針のムシロである。

居心地《いごこち》悪そうにしているのを、隣のシートのソフィアに気づかれ、

「ごめんなさいデス……。ワタシが大きすぎるから、モロハは窮屈《きゅうくつ》デスよね……」

と、いじけられてしまう。

ソフィアは自分の高すぎる身長がコンプレックスなのだ。

誤解を解くのと宥《なだ》めるのとでまた一苦労。

心の平穏を得るため、とっとと毛布をかぶって寝ることに。

これが功《こう》を奏《そう》し、ソフィアに揺り起こされた時にはもう、ＪＦＫ国際空港に到着していた。

（寒《さむ》……ッ）

それがニューヨークの地を踏んだ、諸葉の最初の感想だった。

ロータリーへ向かうため建物の外へ出た途端に、身を切るような強風の歓迎を受ける。

全身がかじかむ。

見上げれば空が薄く煙《けぶ》っていたが、これは雲ではないという。

狭い土地に膨大な交通量を持つニューヨーク特有の、排気ガスがその正体。

つまり本日の天気は快晴というわけで。

(それでこんなに寒いのかよ……)と諸葉は閉口させられる。

電光時計版の下に摂氏《せっし》と華氏《かし》の温度表示があるのを見つけ、確認すれば「2℃」。

でも体感ではマイナス気温くらいに感じる。事前にソフィアから「二月のニューヨークは寒い」と説明は受けていた。帽子、マフラー、手袋、ダウンコートは必須だと言われ、大げさに感じつつも用意していたのだが、これでもまだ足りないと思えるほど。

クリスマスの時に、サツキから贈られた手編みのマフラーをきつく巻き直す。

なんというありがたみか、改めて感激してしまう。

「日本と違って湿度が低いのデス。だから底冷えするのデース」

ロータリーに到着し、迎えの車を待つ間、ソフィアが教えてくれた。

ちなみに飛行機に乗って以降は、馴《な》らすために二人とも英語で通している。

「だから厚着で来るよう言ったデスよ?」

そう言うソフィアはただでさえ大柄なのに、重装備でモコモコに膨れ上がっていた。

「でも、そんなに寒いなら半分飲むデスか？」

空港のスターマックスで買った、飲みかけのコーヒーを差し出してくれる。

肉感的なソフィアの唇《くちびる》が一度ついたものだと思うと、諸葉的には多少なりとも気恥ずかしさを覚えてしまうのだが、この先輩は「思春期うれしはずかし」系のデリカシーには無頓着《むとんちゃく》だ。

意識してる方が余計に恥ずかしくなるので、なるべく素知らぬ風を装っていただく。

「温まるデスか？」

「ええ、とても」

諸葉はほんのり頬《ほお》を上気させながら、一口すすった。

「こうするともっと温まるデース」

すると、いきなり後から抱き着いてくるので、コーヒーを噴き出しそうになってしまう。

（ほんとに無頓着なんだから……）

諸葉はジト目になって逃げる。

空港に着いてからというもの、ソフィアはいつにも増してハイテンションに見えた。

夏休みぶりに祖国へ帰ってきた喜びかもしれない。

景色を見る瞳《ひとみ》は柔らかく、白い吐息が弾《はず》んでいる。

常ならば、こうやってしばらく一緒に並んで眺めるのも乙《おつ》だったろうが、如何《いかん》せん寒すぎた。

「迎え、まだ来ないんですかね？」

電光時計版で時間を確認し、寒さを紛《まぎ》らわすために足踏みしながら訊《たず》ねる。

「まだ二分前デス」

「もう二分前じゃないですか」

諸葉だったら人を迎えに行く時は、五分前には到着するように向かうが。

時間にルーズな相手なのだろうか？

しかし、来てくれるだけでもありがたい（タクシー代を浪費せずにすむ）と思い直し、歯の根が合わないのを噛《か》み潰《つぶ》し、黙って待つ。

すると――

車の進入方向から、騒がしい声が聞こえてきた。

一日の離発着数が千二百便を超える巨大空港だ。ちょっとした騒ぎでも音量はでかくなる。

諸葉も野次馬根性《やじうまこんじょう》に駆られ、喧騒《けんそう》の方へと目を凝らした。

「なんだ、あれ……？」

心の準備をしていてもなお驚かされる。

ロータリーへ入ってくるバスやタクシーに混ざって、妙なものがやってくる。

銀色の謎の金属でできている、前後に長い三角錐《さんかくすい》状の物体。

それが地上十センチメートルくらいで浮遊し、滑るように音も立てず進んでいる。

ファイアパターンの塗装が施されており、エンブレムも見えた。デフォルメ化された大砲の意匠《いしょう》に、「ＡＢＡＭＳ」のイニシャル。

それらのおかげで乗り物に見えなくもないが、あまりにも異質な物体である。

道行く誰もが足を止め、目を丸くして凝視《ぎょうし》する。

衆目を一身に集めた「走る三角錐」は、諸葉たちの目の前に来ると、急停止をした。

ちょうど、一秒の狂いもなく待ち合わせ時間になっていた。

「ま、まさか……これが、お迎え……？」

「そのまさかデース」

ソフィアが頭痛を堪《こら》えるように、額を押さえながら答えた。

「走る三角錐」の左側面が、いきなり車のドアのように開放する。それまで継ぎ目なんかどこにも見えなかったのに。

そして、やはり乗り物だったようで、中から人が現れた。

眼鏡をかけた若い女性だ。

白人ならではの反則で、少し残っているそばかすがとても愛嬌《あいきょう》がある。

女は「走る三角錐」から降り立ち、小さなリュックを背負うと、開けっ放しのドアに半分身を隠し、もじもじした様子でこちらに顔を向けた。

「いや目立ってるっ。超目立ってるからっ」

人前でもじもじするような人が、こんなアヤシげな物体に乗ってこないで欲しい。

案《あん》の定《じょう》、道行く人々の注目が、諸葉たちにも殺到する。とばっちりだ。

この寒い日に冷や汗を垂らしていると、ソフィアが叫んだ。

「ごめんなさいデス！　映画の撮影中デース！」

諸葉はずっこけそうになったが、

「なんだ、ハリウッドか」

「ハリウッドなら仕方ないな」

「最近の特撮技術もすごいもんだ」

「行きましょ？　撮影の邪魔をしちゃうわ」

道行く人々は大いに納得したようで、散り散りになっていった。

大丈夫か、アメリカ。

急に閑散とした空気の中、眼鏡の女性がようやくドアの陰から身を出す。

否、出したかと思うと俊敏な動作でソフィアの背後に回り込み、その巨体の陰に身を隠す。

顔だけ半分覗《のぞ》かせて、諸葉のことをじぃーっと見つめてくる。

パっと見、年下には思えなかったのだが、幼い仕種《しぐさ》のせいで年齢がわからなくなってくる。

「あ、あの、先輩。紹介してもらえますか……？」

「ワタシたちのボスデス」

「ええっ？」

またも驚きを禁じ得ない。

つまりこの、物陰に隠れたまま諸葉と正対できない、年齢不詳の女性が――

〝工廠《アーセナル》〟の異名を持つランクSで、アメリカ支部長。

アーリン・ハイバリーである、と。

「だ、だったら確か、十九歳って話でしたよね？」

「二十歳《オトナ》になる日も近いデス……」

「…………」

エドワードやシャルルは当然、雷帝《らいてい》だって威風堂々としていたものだが、同じ六頭領《シックスヘッド》、同じランクSだとは到底見えない。

「人見知りなんですか？」

「そうデス……。あと引きこもりで、対人コミュニケート能力は絶無なんデス……」

「それでよく支部長やれてますね……」

「慣れると今度は、ずうずうしいほど馴《な》れ馴れしくなるんです」

ソフィアのズケっとした物言いに、遥《はる》か上司のはずのアーリンは怒りもしなかった。

気が弱いのか、人が好《い》いのか。

紹介を経ても諸葉の当惑は晴れず、どうしたものかと顔をひきつらせていると、アーリンは

ソフィアの服の裾を引っ張り、頭を下げさせ、何やら耳打ちを始めた。

ソフィアは一度うなずいてから諸葉へ向かい、

「はじめましテ、ナントカ君――とボスが言ってるデス」

「呼びつけた相手の名前くらい憶《おぼ》えときましょうよ……」

「同じランクSの君に会えてうれしいヨ――とボスが言ってるデス」

「うれしいなら顔くらいちゃんと見せてくださいよ……」

諸葉はぼやくが、アーリンはササッとソフィアの後へ完全に隠れてしまう。

面と向かって話すことは全くできないようで、その後もソフィアを介した話が続く。

「遠路はるばるアメリカまでようこソ――とボスが言ってるデス」

「標的は依然《いぜん》ロストしたままだし、しばらくゆっくりしてヨ――とボスが言ってるデス」

「滞在中の面倒は全部こっちで見ちゃうから安心してネ――とボスが言ってるデス」

……という具合である。

どうやらアメリカ支部長は偏屈さとは無縁の人柄のようだが、別種のやりにくさがある。

「と、とにかく、よろしくお願いします」

諸葉は可能な限りの善良な笑顔を浮かべ、手袋を外して右手を差し出した。

アメリカではとにかく握手《Shake hands》！　握手《Shake hands》デース！　と事前レクチャーを受けていたのだ。

しかし、アーリンはソフィアの陰に隠れたまま。

ダメじゃん握手《Shake hands》。

右手を出したまま固まっていると、アーリンがソフィアに耳打ちした。

たちまち顔を顰《しか》めるソフィア。

いったいどんな話をされてるのか。コワイ。

「エー、ボスからモロハに不躾《ぶしつけ》なお願いがあるのデスが……」

「な、なんでしょうかね。俺《おれ》にできることでしょうかね」

諸葉は善良スマイルを引きつらせる。

ソフィアは言い出しづらそうに、

「体液を舐《な》めさせてくれないカ――とボスが言ってるデス」

「たいえき⁉」

諸葉は右手を引っ込め、ドン引きした。

「たたた、体液ってナニ考えてるんですか、あーたっ」

「変な意味はないのデスっ。涙とか汗でいいのデスっ」

「それ充分変ですよねっ。変態ですよねっ」

「そこをなんとか！　ボスが初対面の相手によくする挨拶代わりなのデス！」

「そんな挨拶がありますかっっっ」

「これがすまないことには、ボスは警戒を解かないのデスっ」

ツッコみまくるが、ソフィアは拝《おが》み倒してくる。これ以上は押し問答《もんどう》だろう。

「……汗ってどうすればいいんスか」

憮然《ぶぜん》となって訊ねた。

「どこか肌を直接舐めさせてくれればいいヨ――とボスが言ってるデス」

なんと解答に困る問題だろうか。

諸葉は考えた末に、手袋を外したままの右手を差し出す。

それで初めて、アーリンがソフィアの陰から出てきた。おっかなびっくり。

「別に噛みつきはしませんから……」

引きつりすぎて善良スマイルだか顔面神経痛だかわからなくなった顔で諸葉は言う。

アーリンは小動物のように警戒しながら諸葉の手をとり、しゃぶりついた。

「この世にこんな美味《びみ》があるとは！」みたいな顔で目を丸くするアーリン。

真剣な眼差《まなざ》しになってちゅぱちゅぱ吸い始める。

小さな舌が爪の付け根や指との間の部分、関節のシワになっているところなど、敏感な部分を這《は》い回る。背筋を襲うゾワゾワした感覚に、諸葉は必死で耐えるしかない。

時間にすると三分はなかっただろう。

アーリンはようやく満足したように離してくれた。

挨拶代わりとやらもすみ、これで少しは打ち解けてくれるだろうかと思っていると、またソフィアの陰に逃げ帰る。

諸葉はやられ損の気分だ。

アーリンはソフィアの背中に隠れたまま、また耳打ちを始める。

「……匂《にお》いも嗅《か》がせて欲しいナ――とボスが言ってるデス」

「もういい加減にしてくださいよっ」

「これが最後だから頼むヨ――とボスが言ってるデス」

「こっちこそ頼みますよホントにもうっ」

諸葉は泣き寝入りするしかなかった。

もう好きにしてくださいよと、両腕を広げて待つ。

おずおずとやってきたアーリンは、諸葉の胸元に顔を埋めるとフンフン匂いを嗅《か》ぎ出す。

胸元だけじゃない。アーリンは抱きついた格好のまま、諸葉を柱に一周を始め、その間ずっと鼻を押し付けたまま嗅ぎ回っていた。

面映《おもは》ゆいなんてものじゃない。

（半日、風呂入ってないからなあ……ううっ）

臭くないだろうかと、内心ヒヤヒヤだ。

アーリンは丸々一周すると、ようやく離してくれた。

そして、今度はもう逃げも隠れもしなかった。

諸葉の前に突っ立ったまま顔をうつむける。

その体が震えている。

「ふ……うふ……くふふっ……くふうふふっ……」

ほくそ笑んでいるのだ。もう堪えきれぬとばかりに。

「アーリンさん？」

予期せぬ豹変《ひょうへん》に、諸葉は何があったのかと窺《うかが》う。

アーリンは答えず、凄《すご》い勢いで顔を上げた。

初めて面と向かい合うことができた。

安心してくれたのかな？　と諸葉が喜びかけたその時、アーリンは右手で天を突き、

「キターーーーーーーーーーーーーー！」

奇声を上げげた。

諸葉は目が点になる。

「インスピレーションどっばどばキトゥアァァァァァァァァァァァ！」

脳内麻薬物質がどっばどば溢《あふ》れ出したような、法悦《ほうえつ》の顔をするアーリン。

「き……来たって何が来たんです？」

「神だヨ！　発明の神が私の脳漿《のうしょう》に舞い降りて来たんだヨ！　君の汗と匂いが大いなる天界の門を開いたんダ、幸《さち》あれかシ！」

発音がやや怪しい英語で、アーリンが説明した。

直接コミュニケーションが成立した一歩目だったが、言ってる意味はチンプンカンプン。

「こうしちゃいられなイっ。ごめんネ、ナントカ君！　私、急用ができたんダッ」

「は……？」

呆然《ぼうぜん》となった隙《すき》に、アーリンが唐突に手を頭へ伸ばしてきて、髪の毛を一本むしりとられる。

「痛《いた》ッ⁉　てかナニするんですかっ？」

「発明に犠牲は付き物だってば！」

アーリンは口元をにやけさせたまま、懐から試験管のようなものを取り出し、諸葉の髪の毛を大事そうに採取する。

「さっきので最後って言ったくせにっ」

その変質者的行為に不安を覚え、諸葉は採取用試験管ごと取り返そうとするが、

「キーーーーーーーーターーーーーーーーーーーー！」

すんでのところでなんと、アーリンの体がロケットのように上空へカッ飛んでいく。

「うぇっ⁉」

もう全く予想できなかった挙動に、さしもの諸葉も空を切る。驚き眼《まなこ》でよく見れば、彼女が背負っていたリュックが火を噴《ふ》き、推進力になっているようだった。

「なんであれ火傷《やけど》しないんだ……？」

「ボスの作る魔法の道具《アーティファクト》に原理や理屈を求めても仕方がないデス。認識票《IDタグ》と同じことデス」

ソフィアが説明してくれるが、納得いかねー。

薄く煙るニューヨークの空へと、アーリンが消えていく様を脱力して見送った。

「メチャクチャっつうか、破天荒《はてんこう》っつうか、なるほどエドワードの同類ですね……」

この短い間にいったい何回驚愕《きょうがく》させられたか。

「な、慣れると、見てて飽きない人なのデスよ?」

「慣れるかなあ……」

諸葉は不安な気分に駆《か》られた。

プラス、途方に暮れた。

なにせ迎えに来てくれた人が、一人で有頂天《うちょうてん》になって飛んでったのだ。

取り残され、愕然《がくぜん》となってアーリンの残した飛行機雲を眺めていると、

「仕方ないデス」

ソフィアに肩を叩《たた》かれた。

振り向けば、彼女が反対の手で指している。

そう、「走る三角錐」を、だ。

「マジでこれに……?」

「タクシーを使う手もあるデスが、ニューヨーク本局は遠いデスよ?」

遠い＝高い。

諸葉は苦渋の決断をするしかなかった。


「走る三角錐」は正式な名称をデルタというらしい。

中に乗り込むと、操縦席を囲う前後左右の壁と天井が、暗転したモニター画面のようになり、前方にパソコンの起動画面よろしく「ＤＥＬＴＡ」と映ったのだ。

モニター画面が明るくなり、車体の外の景色を映像として見せてくれる。

周囲百八十度が全て見えるので、操縦席だけを残して裸になったような、落ち着かない感覚を諸葉は覚える。

落ち着かないと言えば、シートにも問題があった。

大きくて楽にもたれかかることができるのだが、単座仕様だったのだ。おかげでまずソフィアが深く腰掛け、彼女の股の間に諸葉が腰を下ろすという乗り方をするしかなかった。

なんだか気恥ずかしい体勢になってしまうが、ソフィアが別段気にした様子はなかったので、

（俺が意識しすぎか……）と思い直すしかなかった。

それでもなるべく彼女に触れないよう、諸葉は身を縮めてお行儀よく座るが、

「頭を下げて欲しいデス、モロハ。前が見えないデス」

ハンドルを握るソフィアに注文された。

ちなみに車のような丸ハンドルではなく、バイクのハーレーダビッドソンのような柄《え》の長い二又《ふたまた》ハンドル式である。おかげでソフィアは諸葉の後から、余裕を持って握れる。

「えっと、前に屈《かが》むスペースがないんですが……」

「ならワタシにもたれかかってくれればいいデス」

言うが早いか額をつかまれ、後に引き寄せられる。この世で最も弾力に富んだシートの如《ごと》く、ソフィアのビッグアメリカンサイズなバストが体を受けて止めてくれる。

「この体勢はさすがにマズイでしょっ？」

「なに泡《あわ》食ってるデスか？　車の中で暴れないで欲しいデス、子どもみたいに」

素晴らしい体格を誇り、源祖《アンセスタル》の業《アーツ》抜きでも力持ちな彼女に抱かれては、諸葉も抗《あらが》えない。

（俺が意識しすぎなんだ……そういうことにしよう……）

胸中で念仏のように唱え、うなじにポヨンポヨンと当たる悩ましい感触のことは意識しないよう努めた。忘れたのではなく努力した。

「アーリンさんはこれで迎えに来て、俺たちをどこへ乗せるつもりだったんでしょうね？」

気を紛《まぎ》らわすためにも話題を振る。

「どこかに変形ボタンとか付いてるかもしれないデス」

言われてみれば確かに、ハンドル根本の周囲には用途不明のボタンがたくさん付いている。迂闊《うかつ》に触る気になれない。

「というか、その口ぶりだと先輩もこの乗り物のこと、あまり把握してないんですか？」

「夏休みに里帰りした時はなかったデス。最近、ボスが開発したものだと思うデス」

「俺、歩いていくことにしますっ」

「レッツゴーデース！」

諸葉が降りようとした途端、ソフィアが右ハンドルに付いたアクセルを回した。

車体が発進し、爆発的に急加速する。

一瞬息もできなくなるようなGがかかり、諸葉の体は後に押し付けられる。ソフィアの豊かな乳房が背中で潰れる感触がする。

「よく言うことを聞く、素直な子デース♪」

ハンドルを捌《さば》き、前を行く車をスラロームでかわして追い越すソフィア。

あっという間にロータリーを抜け、公道へ出て、空港を後にする。

一度加速がついた後はもうほとんどGを感じない。路面状態の影響も皆無で、まさしく滑るように走り続ける。前方車輛《しやりよう》をパスするため、目まぐるしいスラローム移動を繰り返すが、デルタの挙動は安定そのもの。お尻を振ることもない。左右に目を向ければ、道路脇の並木が異常な速さで後方へと流れていく。つまり、とんでもないスピードが出ているということだ。

「免許は持ってるんですか、先輩っ？」

「こんな妙ちくりんな乗り物に免許が存在すると思ってるデスか？」

タクシー代を浮かせることばかり考えて、まんまと乗ってしまった浅慮《せんりょ》に諸葉は大後悔。

「おまわりさん、ここですっ。今すぐ止めてっっっ」

「警察官だって我が身が可愛《かわい》いデス。こんな怪しげな物体、止める勇気はないはずデス」

「触《さわ》らぬ神に祟《たた》りなしデスヨネー。俺だって触りたくなかったデスヨネー」

「ボスの発明品が祟ったりすることなんてないので、安心するデース」

「ていうかアーリンさんって科学者なんですか？　魔法道具作りはしてるって聞いてましたけど、こんなSFっぽい物も発明してるんですか？」

「これだって見た目がSFっぽいだけで、間違いなく魔法の道具《アーティファクト》デスよ。だって原理不明デース。動力は妖精《ようせい》さんかもしれないデース」

「超絶オカルトじゃないですかっ。操縦誤ったら祟られるかもしれないじゃないですかっっ」

「もう！　モロハは男の子なのデスから、潔《いさぎよ》く腹を括《くく》るデース」

「ぐっ……本当に運転大丈夫なんですよねっ？　初めて乗るのに……」

「もちろんデス！　ボスの発明品は全て、趣味丸出しのようで合理的にできてるのデス。これも基本の操縦方法はちゃんと、ゲームのようにシンプルデース」

安心できるようでできない保証をしながら、さらにアクセルのスロットルを開けていく。

「さて、ニューヨーク本局まで飛ばすデスよ！」

「うわあああああああああっ」

諸葉は恐怖でシートに抱きついた。

今、座席代わりになっているのはグラマラスな健康美を誇るソフィアだということも忘れて。

しかし、恐怖はやがて慣れるものである。

ドライブが始まって三十分もするころには、この胡散《うさん》臭い乗り物にもスピードにも何も感じなくなって、外の景色を楽しむゆとりが出ていた。

ソフィアも心得たようにガイドしてくれる。

ＪＦＫ国際空港を出た後は軽い観光も兼ね、ヴァンウィック高速道路からグランド・セントラル・パークウェイへ乗り継いで、北西にあるマンハッタン行政区を目指す。

道は広く、車線は多く、曲がりくねることはなく、左右は手入れされた緑に囲まれている、走ってて気持ちのいい道だった。

諸葉の持つニューヨークの、猥雑《わいざつ》なイメージからは良い意味でかけ離れている。

クイーンズ行政区に入り、市街地を走ってもまだイメージは変わらない。

並木は続くが、その向こうにはびっしりと建ち並ぶ家屋が見えてくる。でもこのくらいなら日本でも見慣れた光景と言えよう。

よく日本の家はウサギ小屋だなんて揶揄《やゆ》されるが、「この辺に住んでいる人たちには言われたくないですね」と冗談を飛ばし、ソフィアも苦笑い。

しかし、いよいよマンハッタンに入るとそこは、諸葉のイメージ通りのニューヨークだった。

緑が姿を消し、おびただしい数の鉄とコンクリートだけが目に入る。

互いの覇《は》を争うような高いビルが、狭い土地にひしめいている。

おかげでどれも針金《はりがね》めいて細く、神経質そうな印象を受ける。

そんなビルが視界の限りに並んでいるのだ。

その光景は弱肉強食の、アメリカ自由競争社会の縮図のように思えた。

景色を見るのにも飽いて、諸葉はソフィアに新たな話題を振る。

「例の魔神《まじん》級の話なんですけど――」

今回の事件のおさらいを始める。

「まず襲われたのは、カリフォルニア分局でしたっけ？」

「YES。日本支部長から連絡があった時にはもう傍《そば》まで来ていて、ろくに迎撃準備ができなかったそうデス。当然、ボスたちが駆けつける時間もなかったデス」

「最悪のケースですよね……」

「YES。その魔神級は分局と《救世主《セイヴァー》》だけを狙っていたそうデス。建物を破壊し、仲間たちをさらおうとしたデス」

「まさか、さらって新しい魔神級にしようって魂胆じゃないでしょうね……」

諸葉は脳裏で、夜の森の中に消えていく熾場亮《しばあきら》の背中を思い返した。

かつては〝不可視《インヴィジブル》〟という謎の人物が、各支部の《救世主《セイヴァー》》を十人ばかり拉致《らち》して魔神級に仕立てあげていたが、《背教者《デーモン》》たちは戦力を拡充するため、今後は大々的に《救世主《セイヴァー》》の誘拐《ゆうかい》を企《たくら》んでいるのかもしれない。

「そうかもしれないデス。とにかく、魔神級の狙いに気づいた分局長が機転を利かして、さらわれかけた仲間を奪い返して助けた後、分局を放置して撤退《てったい》命令を出したそうデス。皆で散り散りに逃げていったら案の定、魔神級は他に悪さをせず、諦《あきら》めて帰っていったようデス」

その後の魔神級の行方は、杳《よう》として知れなかったと諸葉も聞いていた。

日本支部長・駿河安東《するがあんどう》の《源祖の業《アンセスタルアーツ》》によってもつかめなかったらしい。

首なしの魔神や六腕《りくわん》の魔神の時しかり、もしかしたら魔神級《異端者《アークフィーンド》》は〝千里眼〟による捕捉《ほそく》が難しいのではないかと、頻《しき》りに騒がれ始めているという噂《うわさ》だ。

ともあれ、カルフォルニア分局襲撃後、消息を絶った魔神級が再び姿を現したのは一週間後、インディアナ分局を急襲した時だという。

「今度は発見が早くて、準備もボスたちの救援も間に合ったそうデス」

「だけど結果は同じ？」

「ＹＥＳ。魔神はとても強くて、斃《たお》せなくて、やむなく誰もさらわれていないうちにと、撤退命令を出したそうデス」

「ランクSのアーリンさんが、味方を率いても斃せないほどの魔神級ですか……」

「ボスは白鉄《しろがね》でも黒魔《くろま》でもなくて、戦闘スタイルが特殊で、魔神級とは相性《あいしょう》が悪いのデス」

その時の戦闘記録が映像で残っているので、本局に着いたら特別に見せてくれるそうだ。

「そこで俺というわけですか」

「モロハはもう三体の魔神級を斃した、スペシャリストデスから」

「いやまあ、周りに助けられてですけどね」

「もちろん承知《しょうち》しているデス。今回はワタシたちが全力で支援するデース！」

ソフィアが運転するデルタはマンハッタンを抜け、さらに北上を続ける。

国道9号線を走り、郊外へ。

人工の建築物が姿を消し、疎《まば》らとなり、反比例的に緑と自然が深まっていく。

ニューヨークの中心地から離れることおよそ九〇キロ。

コールドスプリングに諸葉たちは到着した。

ハドソン川の畔《ほとり》にあり、西を港、東を森に囲まれた、鄙《ひな》びた街である。

そして、アメリカ支部・ニューヨーク本局の所在地でもあった。

SECTION 3

第三章　ニューヨーク本局

その建物は、諸葉《もろは》が想像していたものとはかけ離れていた。

「ここがアメリカ支部の本局ですって……?」

確認をとると、庭先にデルタを停《と》めたソフィアがYESと首肯《しゅこう》した。

担《かつ》がれているのかと、諸葉は本気で疑う。

なぜならソフィアが示したその建物は、どこからどう見ても民家だったからだ。

ニューヨークの郊外にある田舎《いなか》町の、そのまた郊外にある森の一軒家《いっけんや》。

確かに新築である。真っ白で、瀟洒《しょうしゃ》で、「将来、こんなおうちに住みたいな♥」と女の子が夢に見そうなステキな家。外から見た感じ広くて、豪邸《ごうてい》と呼んでいいだろうが……。

東京本局やロンドン本局、パリ本局は立派なビルだと聞いたことがある。

だから諸葉が「ニューヨーク本局」と聞いて、想像したのも聳《そび》えるような摩天楼《まてんろう》だったのに。

(この民家が……?　マジで……?)

デルタを降りた諸葉は、目の前に鎮座《ちんざ》する白い家を見つめたまま、声を失った。

「そんなに意外デスか?」

「……ええ、まあ」

「でもアメリカでは、他の分局も全部こんな感じデス」

「それはまた慎《つつ》ましやかですね……」

諸葉は《群体要塞級《ストロングホールド》》攻略作戦時に利用した、塩尻《しおじり》分局のこと思い出す。

六つの大きな棟《とう》を持つ、研究所めいた広大な施設だった。

それに比べると、アメリカ支部の各局は随分小《ずいぶんこ》ぢんまりしているようだ。

諸葉は白い家の正面に突っ立って、ソフィアと並んで眺めながら話を続ける。

「やっぱり財政が芳《かんば》しくないからですか？」

「それも無関係ではないデスが、そもそもボスの方針というかポリシーなのデス」

「と言いますと？」

「ビルなんて無駄に大きくてお金がかかるだけなので、非合理的だとボスは言うのデス」

その倹約の精神には諸葉も感心しつつ、

「でもだからと言って、ある程度の広さは必要でしょう？　この家じゃあ、百人も入ったら座る場所もなさそうですし、さすがに本局として機能しないんじゃあ？」

「そうでもないのデス。事務関係は一部を除いて在宅ワークで処理できるデスし、会議なんかはオンラインで可能デス。このネット時代に全員が全員同じ所に集まって仕事をするなんて、非合理的だとボスは言うのです」

「な、なるほど……っ」

諸葉は舌を巻いた。

今の話は全《まった》く理《り》に適《かな》っている。そして、莫大《ばくだい》な無駄金を節約できる。

それを思えばビルを建てたり、六つも棟を持つ施設を造ったりだなんて、もったいないことこの上ないではないか。

「俺《おれ》、アーリンさんのこと見直しましたよっ」

ただの変人ではなかった。

「待って欲しいデス、諸葉。いまボスと気が合うかもなんて考えたデスよね？」

「え、いけませんか？」

「残念ながらそれは誤解デス……。ボスは道楽《どうらく》というか発明にかけるお金には、糸目をつけないのデス……。周りが止めるのも聞かずに、大金なげうつのデス……」

「そ、それって合理的って言えるんですかね……？」

「結果として普段の業務が便利になったり、皆の装備がよくなったりするので、合理的だとボスは言い張るのデス……」

「ちなみにこのデルタの発明に、おいくらかかってると思います……？」

「過去のパターンから考えて、十万ドル以下だったらワタシはびっくりするデス」

「普通の自動車買った方が合理的じゃないですかっっっ」

「YES。アメリカ支部が火の車な理由その一は、ボスの浪費癖《ろうひぐせ》なのデス」

うん、気が合いそうにないわ。

無理だわ。

諸葉は胸中でそっと結論した。

「でもでも、ボスにだっていいところはちゃんとあるのデス！」

呆《あき》れ返っていると、ソフィアが拳を握ってとりなした。

疑惑の眼差《まなざ》しを向けると、力説を始める。すごい真剣な瞳《ひとみ》である。

「わかりました。聞きますよ」

だから諸葉も目つきをフラットにして、素直に耳を傾けた。


六年前の、支部創設時のことである。

他の五国と異なり、アメリカ政府は組織構築に介入しようと、強引にアーリンへ働きかけた。

具体的には、《救世主《セイヴァー》》による《救世主《セイヴァー》》のための単一組織を創るのではなく――

軍隊や警察機構、果ては諜報機関《CIA》のような従来の組織に組み込み、《救世主《セイヴァー》》の異能を《異端者《メタフイジカル》》退治以外にも有効活用しようと目論《もくろ》んだのだ。

これをアーリンはにべもなく突っぱねた。

《救世主《セイヴァー》》の超人的力は、《異端者《メタフイジカル》》の怪物的力に対抗することのみに、使われるべきである。

サー・エドワードの唱えたこの正義、理想、大原則に同意したがゆえのことだった。

アーリンはあらゆる懐柔《かいじゅう》を受けず、脅迫を退け、毅然《きぜん》として政府に介入させなかった。

他五国の政府の働きかけもあり、やがてアメリカ政府も断念。

当時は百人程度の《救世主《セイヴァー》》しか発見できていなかったし、この超人類への物珍しさが先行しただけで、アメリカ政府も「うまい使い方が見つかるかもしれないなあ」程度の温度感だったのことが幸いした。アーリンたちがどれほどすごい超人か、本当の意味ではわかっておらず、侮《あなど》りもあったわけだ。

かくしてアメリカ支部は他の五支部同様、自主独立性の確保に成功する。

ただしこの件が原因で、アメリカ政府との関係は冷えきってしまう。

いざ《異端者《メタフィジカル》》が出現すれば偵察《ていさつ》衛星等で得た情報の提供をしてくれるし、怪物や超人の存在が明るみに出ないよう情報統制もちゃんとやってくれる。必要最低限の協力はある。

しかし潤沢な援助金などは、望むべくもなかったのである。

「でも、それはお金に変えられないですね。軍隊に入るなんて真《ま》っ平《ぴら》ごめんだ」

「そうなのデス！　モロハならわかってくれると思っていたデス！」

諸葉の感想を聞いて、ソフィアが握った手を上下に振って興奮する。

「うちのボスは変人デスけど、根っこのところはちゃんとしてるのデス！」

その言葉に諸葉はもう異を唱えない。

ただソフィアの喜びようを見て、

「先輩はアーリンさんのこと、好きなんですね」

「もちろんデス！　変人ですけど、皆が慕《した》う立派なボスデス」

「変人は強調するんだ……」

「それはもう隠しても隠しきれないデスから。モロハも慣れて欲しいデース」

「ははは……」

諸葉は頭をかいて誤魔化《ごまか》す。

（しかし、そうか……）とその一方で納得する気持ちがあった。

日本に間違いなく未練があるのに、絶対に祖国へ帰ると口では言いきったソフィア。

そんな彼女の、アメリカへの想《おも》いの一端《いったん》が垣間見えた気がして。

（この中に、先輩にとっての「祖国への想い」が詰まってるんだろうな……）

そんな目で白い家を眺める。

それがどんなものか、ますます気になってくる。

しばしそうしていると、「裏庭に回るデスよー」とソフィアに手招きされた。

そっちにアーリンの工房があるらしい。

一足先に帰っているはずのアーリンがいるだろうからと、そんな話をしつつ裏手に回る。

「ニューヨーク本局」同様に「工房」の方も、その言葉が持つイメージとはかけ離れた建物であったが、諸葉はもう驚かない。

町工場と呼びたくなるような外観の、プレハブ建築だった。

サイズは学校の体育館程度であろうか。

入口は何でも出入りできる倉庫のように広く、巨大な両開き戸で蓋《ふた》をされている。

その横に勝手口があって、半開きの中から声が聞こえた。

「モ〜、まタぁ〜〜〜？　フランスにはこないだ作ってあげたばかりじゃないのサ。もう飽《あ》きタ〜。ア〜〜キ〜〜タ〜〜。私いま創らなきゃいけないモノがあるんだヨ〜〜」

と、駄々《だだ》っ子のような口調でしゃべっているのは、空港で聞いたアーリンの声だ。

一方、

「そんなこと言ったってあなた、ゴロゴロして本を読んでただけじゃない。遊んでるヒマがあるなら働きなさい」

と、母親が諭《さと》すような口調でしゃべっているのは、初めて聞く大人《おとな》の女の声だ。

しっとりと落ち着いていて、耳に心地《ここち》よい。

駄々をこねるアーリンと、その女性の間で口論が続く。

「傍《はた》から見たらゴロゴロしてるように見えるかもしれないけド、私の脳漿《のうしょう》の中に降臨した発明の神ト、対話してる真っ最中だもン。遊んでなんかないもン」

「またあなたはそんな芸術家みたいな言い訳を……」

「私は発明家という名のアーティストなんだゾ！」

「ハイハイわかったから。いい加減、聞き分けなさい。フランスは一番払いがいい大得意様なのよ？　あなたが発明道楽にうつつを抜かすことができるのは、なんのおかげ？」

「……もちろん、現《げん》ナマ様のおかげでス」

「じゃあ心を込めて作ってあげないといけないわよね？　本当に忙しいならともかく、もう飽きたなんて言ってる場合ではないわよね？」

「ううう、シャルルの馬鹿《ばか》ヤロー。もっと大事に扱えって部下に教育しといてヨー」

「私としてはどんどん壊して、どんどん買い換えて欲しいところだけれど」

「ううう、ミラの守銭奴《しゆせんど》ヤロー」

最後には言い負かされたアーリンが、子どもみたいな悪態をついた。

なるほどこれがアメリカ支部長の素なのだろう。

その後もアーリンの「めんどくさイ」連呼が続いたが、話はそれで終わったようだ。

楚々《そそ》とした足音が近づいて来たかと思うと、勝手口から女が姿を見せた。

二十代半ばか少しすぎたくらいの、大人びた美女である。

ビジネススーツとタイトスカートの上に、コートをひっかけるように羽織《はお》ったスマートな格好。それが彼女の怜悧《れいり》な美貌《びぼう》にマッチしている。

彼女はこちらに気づくなり、

「まあ。お帰りなさい、ソフィー。急な帰国をお願いしてごめんなさいね」

「ただいまデス、ミラ！」

ソフィアも大はしゃぎで抱きつく。

「まあまあ、いつまで経《た》っても子どもね、ソフィー」

大きな体をいっぱいに使って、再会の喜びを嚙《か》みしめるように抱きつくソフィアに、ミラと呼ばれた女性がどうにか踏ん張りながらあやす。凸凹《でこぼこ》姉妹のような構図。

諸葉は邪魔にならないようしばし見守った後、

「そんなことないですよ。亜鐘《あかね》学園じゃあ、ソフィー先輩はとても頼れる人ですから」

頃合いを見計らってフォローを入れておいた。

それでソフィアはミラから離れ、

「紹介するデス――」

「いいえ、大丈夫よ。ハイムラ様ですね？　今回はご厚情をいただき、感謝に堪《た》えません」

ミラと呼ばれた女性が握手を求めてくる。

「いえ。ホントに普段からソフィー先輩の世話になってる、その恩返しですから」

諸葉は応じる。

「お優しいのですね。噂《うわさ》通り」

彼女はしっとりと微笑《ほほえ》んだ。

諸葉の周りにはいないタイプの、オトナの色香を感じて少しドキッとしてしまう。

「また後ほど、改めてご挨拶させていただきます。寒いでしょう？　中にお入りください。迎えの一つも全《まっと》うできない、バカ娘にどうぞお小言の一つや二つ、ぶつけてくださいませ」

彼女は冗談とも本気ともつかない台詞を残して、本局の方へ去っていった。

目がちっとも笑ってなかったけど。

「ははは……じゃあまあ、お邪魔しましょうか」

諸葉は言葉を濁しながら、勝手口から工房に入る。

中はがらんどうだった。

閑散としているおかげで、余計に天井が高く感じられる。

おとぎ話の魔女が使うような大釜《おおがま》が、隅っこに一つあるきり。

でも釜底で火を焚《た》いているおかげで工房内は温かく、諸葉は一息つく。

一方、床には奇妙なものが所狭しと散乱していた。

諸葉の目には粘土細工《ねんどざいく》に見える。それも作りかけの。

形は多種多様で、大きいものもあれば小さいものもある。

銃器のようなもの、剣のようなもの、アクセサリのようなもの、犬の像のようなもの、ロボットのようなもの、なんとも形容しがたいもの――

諸葉がしげしげと足元を眺めていると、

「もう、ボス！　置いてけぼりはひどいデス！」

続いて入ってきたソフィアが、勝手口を閉めた。

「ン？　置いてけぼりってなんのことカナ？」

アーリンの即答。すっとぼけている感じはなく、完全に忘却《ぼうきゃく》の彼方《かなた》らしい。

声がした方を見ると、変人発明家サンは大釜の脇にいた。

台に乗って上から、長い棒で釜の中をかき混ぜている。

「ナントカ君もいらっしゃーイ。長旅疲れたでショ？　もっと我が家のようにだらだらしなヨ」

気さくを通り越して、馴《な》れ馴れしい口調で話しかけてくる。

「私としてモ今すぐ歓迎会を開いてあげたいんだけどサー、急ぎの仕事が入っちゃってサー。遅らせるとシャルルのせっかちヤローがうるさいんダー」

空港で会った時の、子どもレベルの人見知りをした態度はもう影も形もない。

「またミラがサー、口喧《くちやかま》しくッテ！　ナントカ君からも『支部長はもっと大事にしてやれ』とか『道楽くらい好きなだけやらせてやれ』とか『お小遣い、今の十倍増な』とかガツンと言ってやってヨー。ランクSの君が言ってくれたラ、きっとミラも反省するしサー」

あげくずうずうしいおねだりまでしてくる。

（俺に慣れてくれたんですかね？）

（キター！　までが早かったデスから。最短記録《レコード》かもデス）

（喜んでいい記録かなあ……）

（もちろんデース。モロハはボスに受け入れられたのデス。アメリカにいる間は、本当に家族と一緒にいるようなつもりでいてくれて、よいのデスよ？）

束《つか》の間、ソフィアに肩を抱き寄せられる。

なんであれその親愛の情は、悪い気になるものでは決してなかった。

その間にアーリンは、長柄《ながえ》の杓《しゃく》を使って大釜から何かをすくい上げる。

粘土のような何かだ。

床の上に山盛り積み重ねていく。

必要量をすくったのかアーリンは台から降りて、粘土の山の前であぐらをかいた。

そして、両手でこね始めた。

「めんどくさイめんどくさイ～♪　シャルルの奴《やつ》、マジめんどくさイ～♪　ナントカちゃんに～、振・ら・れ・ちゃ・エ♪」

調子っぱずれな歌を口ずさみ、気だるそうにこね始めた。

（あれが……急ぎの仕事ですか？）

諸葉には遊んでいるようにしか見えない。

（見ていればわかるデス）

ソフィアの声に、少し苦いものが混じる。

（あ、企業秘密なら俺、外に出ますけど？）

（いえ、そこは問題じゃないのデス。うるさいミラもさっき、中にどうぞって言ってたデスから。遥々《はるばる》助けに来てくれたモロハなら特別ってことで、安心して欲しいデス）

（だといいんですが……）

（ワタシが不安なのはむしろ、モロハが見てショックを受けないかとそれが……）

（……？）

諸葉は怪訝《けげん》に思いつつ、好奇心が勝って作業を見学させてもらう。

アーリンはこね終えた粘土を、今度はお餅《もち》みたいに少量ずつちぎりわけて丸めた。

その一個を頑丈《がんじょう》そうな作業台に載せると、ポケットから出したハンマーで叩《たた》く。

叩かれるたびに粘土がもちゃもちゃと音を立てて、薄く引き伸ばされていく。

その作業がしばらくの間、淡々《たんたん》と続いていたが――

いきなり、硬い金属を叩いたような音が、広いプレハブの中に戛然《かつぜん》と響いた。

粘土を叩いてもこんな音には決してならない。しかしアーリンは気にした風もなくハンマーを振り続け、金属と金属がぶつかり合う音がリズムよく鳴り続ける。

諸葉は目を瞠《みは》った。

粘土だと思っていたものが、ハンマーで叩かれるたびに形を、色を、材質を変えていく。

小さな金属のプレートに変わっていく。

諸葉もよく見知ったそれ。

白鉄が武器を顕現《けんげん》するために用いる、認識票《IDタグ》。

「ああやって作ってたんですか……っ」

感心する諸葉をよそに、アーリンが完成した一枚をポイと放り捨て、二枚目にとりかかった。

もう手が疲れたー、とばかりに逆の手でハンマーを振る。

それも疲れたー、とばかりに寝転がって、足の親指と薬指でハンマーの柄を挟んで振る。

終《しま》いには雑誌を開いてのながら作業。

全身からやる気のなさが、これでもかと伝わってくる。

「ね？　あんなの人には見せられないデス……」

「俺も見たくなかったです……」

日本支部では認識票は貴重で、たとえ戦闘中の不可抗力であっても壊せば小言を言われるし、始末書も書かされる。

また、使う方でも実際ありがたみを持って使う。

諸葉だってそうだった。命を預ける相棒だと思っていた。

でも今、うつ伏せになったアーリンがゲラゲラ笑いながら雑誌のページをめくり、残った手でテキトーにハンマーを振っている姿を見ると、その一振りごとにありがたみが薄れていくのを感じる……。抱いていた想いが叩き壊されてしまう……。

なるほど、これはショックだわー。

「ボスは発明好き、新しもの好きなのデス。だから、認識票はもう何千枚と同じものを作らされてて、うんざりしているのデス」

「……気持ちはわかりますがね」

「とはいえ、お金のないアメリカ支部にとって、認識票の売却益は重要な資金源なので、ボスには涙を呑《の》んでもらうしかないのデス」

「そうですか……認識票って売買されてたんですか……」

「こっちも死活問題なので、かなりボッてるデス。だから他支部では貴重なのデス」

「………………」

諸葉は幼き日に聞かされた、コックだった父親の教訓を思い返さずにいられなかった。

曰《いわ》く、「飲食店の裏側を見ては絶対にいけない」。

諸葉は顔をひきつらせながら、「白騎士機関《しろきしきかん》の裏側」を目の当たりにした。

人の気を知らずアーリンが明るい声で、

「待っててネ、ナントカ君。この退屈な仕事が終わったラ、さっき閃《ひらめ》いたすっごいものを創ってあげちゃうカら！　お礼なんていいヨ。助けを求めたのハこっちなんだからサ」

なんて言ってくれても、こっちに尻を向けたまま、雑誌読みながらなので期待感はゼロ。

むしろそこはかとない押しつけがましさ。

「お、おなしゃーす……」

アーリンは雑誌をめくる手を「任せといて」とばかりに振る。こっちに尻を向けたまま。

「……仕事のお邪魔しちゃ悪いですし、行きますか？」

了解デスと、ソフィアが勝手口を開けてくれる。

そしたら、本局の方からミラが戻ってくるのを見かけた。

あちらも諸葉たちに気づき、しっとりとした声で誘ってくれた。

「ハイムラ様。少し早いですが、夕食になさいませんか？」

ちょうど空腹を覚えていたので、ありがたいお言葉だ。

しかし、その「料理の裏側」は果たして安心していいものかと、一抹《いちまつ》の不安も同時に覚えてしまうのは、やむからぬことであろう。

◎

諸葉は玄関を通って、本局にお邪魔した。

中もごく普通の民家のような内装になっており、ありきたりな調度品が並んでいる。

フタを開けるとびっくり秘密基地が！　というような展開は待っていなかった。

ミラに案内されて真《ま》っ直《す》ぐ向かったのは、豪邸に相応《ふさわ》しい大食堂だった。

ただしここもインテリアはごく家庭的なものが使われており、諸葉も身構えずにすむ。

食卓には二人の女性が先に来て、座って待っていた。

諸葉の姿を見るなり席を立つ。

ミラが間に入って三人並び、諸葉&ソフィアと向き合う格好になる。

そのソフィアがミラたちを指して紹介してくれる。

「アメリカ支部が誇る、四銃士の皆デース」

アーリン・ハイバリーの懐刀にして親衛隊。

全員がランクＡの白鉄《しろがね》だという。

最初にミラが一歩前に出て、落ち着いた声で自己紹介を始めた。

「先程は申し遅れました、ミロスラヴァ・ロジッキーでございます。ぜひ、ミラとお心に留めくださいませ、ハイムラ様。副支部長を務めておりますが、あまりお構えになられませぬよう。やんちゃな妹たちの、長女役みたいなものですから」

「はじめまして。俺も諸葉でいいですよ、ミラさん。それに、あんまり畏《かしこ》まったしゃべり方をされると正直、気が疲れますので」

「まあ……。では、そうさせてもらうわね、モロハさん」

ミラが声音はしっとりとしたまま、口調を少しだけ砕《くだ》けさせた。

頭がよく、芯《しん》は強い女性なのだという印象を諸葉は抱く。

次いで右隣の、くわえタバコをした女性が名乗り出る。

「ノーマ・ウィルシャーだ。あんたがカタッ苦しいのはヌキっつってくれて、助かるぜ。オレはミラみたいなまだるっこしいしゃべり方は、舌噛《か》みそうでできねえからな」

年のころは二十二、三。眉の濃い勝気《かちき》そうな人で、男勝りなしゃべり方をし、男物のシャツを着、ジーンズを穿《は》く。

諸葉はこういう女性が苦手ではない。ちょっとAJを彷彿《ほうふつ》する。

口調こそつっけんどんだが、ノーマは歓迎してくれているようで、堅い握手を交わした。

ミラの物言いを借りれば、「跳《は》ねっ返りで、家でもちょっと浮いてる次女」という印象だ。

最後の一人が進み出て、

「チキータ・カゾーラだよー☆　チキって呼んでくれたら喜んじゃうよー」

愛嬌《あいきょう》たっぷりの容姿に似合った、キャンディーボイスで名乗った。

年のころは十八かそこら。小柄《こがら》に見えたが、近づいてくるにつれて諸葉と目線の高さが違わないことに気づく。女性としては高身長だろう。

腰の位置がすごく高い上に、小顔で上半身も小さいから小柄と錯覚《さっかく》したのだ。

ミニスカートから伸びる素足は細く、素晴らしく長く、美しい。

足首の辺りに金環《きんかん》をいくつも着けていて、歩くたびにシャラシャラと鳴る。

「モロハは日本じゃなんて呼ばれてるのー？　モーリー？　モーフ？」

無邪気《むじゃき》にハグしてくる魅力的な少女に、

「それだと日本人は笑っちゃいますね。普通にモロハで」

諸葉は妙な気分にならないよう意識しつつハグを返す。

「オッケー、モロハ☆」

コケティッシュなウインクを残して、身を離すチキ。

これもミラの表現を借りれば、「甘え上手な三女」という印象だった。

「紹介が終わったところで、食事にしましょう」

「あれ？　四銃士ってことはもう一人いるんじゃ？」

諸葉は当然の疑問を呈《てい》した。

たちまちノーマが苦虫を噛《か》み潰したような顔になり、チキが視線を泳がせる。

「レイは留守なのデス？」

ソフィアもきょとんとし、ミラがやや事務口調になって答える。

「アデバがまた面倒《めんどう》を起こして、釘《くぎ》を刺しがてら西の視察に行っているの」

「それならレイに任せておけば間違いないデス」

ソフィアは一人で納得した後、諸葉にも説明してくれた。

「四人目はレイと言って、ワタシの師匠でアメリカ支部最強の白鉄デス。頭脳の要る揉《も》め事はミラが、腕力《わんりょく》の要る揉め事はレイがいれば全部解決デース」

いわば「頼もしいイトコのお姉さん」という役どころだろうか。

諸葉はまだ見ぬ相手に思いを馳《は》せる。

そして、ソフィアに席を勧められて、諸葉も腰を下ろした。

料理を運んできてくれたミラと、五人で入り混じるように座る。

にぎやかな食事の始まりだった。

「母から習った家庭料理なので、お口に合えばいいのだけれど」

と、少し不安げにするミラ。

諸葉はテーブルいっぱいに並ぶ洋風料理を興味津々《きょうみしんしん》で眺め回して、

「俺からすれば珍しい外国の料理ですよ」

「まあ。それもそうね、チェコ料理は初めて?」

「へえ……これがっ」

諸葉はもう一度好奇《こうき》に満ちた目で、料理を眺め回す。

チェコ系アメリカ人らしいミラが諸葉のため、懇切丁寧《こんせつていねい》に一皿ずつ説明してくれる。

自家製タルタルソースが山ほどかかった、カリフラワーのフライはチェコ人の大好物。

ソーセージは何種類もあって、猪《いのしし》肉にカシスを練り込んで作ったものなど、諸葉は初めて
食べた。脂肪《しぼう》分の少ない猪肉をカシスの風味が華《はな》やかに彩《いろど》って、なんとも美味《うま》い。

カマンベールチーズのピクルスも絶品だ。「え、そのままで食べた方が旨《うま》いんじゃ？」なんて偏見《へんけん》をぶっ飛ばすほどのパンチ。濃厚なチーズを酢《す》の甘酸《あまず》っぱさが引き締め、口腔《こうくう》で蕩《とろ》ける。チェコではコンソメスープも濃厚だった。チーズと卵を溶かしており、にんにくが効いてる。コンソメのシンプルな味の奥に、多層的な味が広がり、独自の世界を作っている。

前菜がたくさんあるのがチェコ式だそうで、食べても食べても飽きが来ないのがいい。

グラーシュというビーフシチューはなんとスパイスたっぷり。「これはどこにでもある味だな」と油断した瞬間、辛《から》さが後から来る。でも、これが癖《くせ》になる。ともすれば鈍重《どんじゅう》に感じるデミグラスソースの味が、颯爽《さっそう》としたスパイスの味で吹き流され、もう一口！　と後を引くのだ。

この他にもチェコ料理は、ラードやスメタナ（サワークリーム）を大量に使ってコクを出し、スパイスで引き締める味付けのものが多いと、諸葉は気づく。

チェコのパン、クネドリーキは焼くのではなく、湯で煮《に》て仕上げる茹《ゆ》でパンだ。味わいは薄いが食感がもちもちしており、味の濃いチェコ料理と合わせるとちょうどいい塩梅《あんばい》になる。よく考えられているものだと感心させられる。

とどめに出てきたブランボラークは、すりおろしたジャガイモで作ったパンケーキ。しかし日本人の諸葉には「これパンケーキってより、お好み焼きだよな」という感想。ジャガイモでお好み焼きとか好みのドストライクで、いっぱいお代わりして香ばしい生地《きじ》の味を堪能《たんのう》した。

「ミラの手料理がずっと恋しかったデース」

食いしん坊のソフィアもまた、満面の笑顔で次から次へと頰張《ほおば》る。

ブルドーザーのように平《たい》らげていく食いっぷりを見て、ノーマとチキが呆《あき》れたように、

「おまえってマジいつまで経っても成長期だよな」

「身長二メートル超えても知らないよー☆」

「んぐっ！」

ソフィアが喉《のど》を詰まらせ、ミラが「まあ」と立ち上がって背中をさすってやる。

「二人ともひどいデス！　食事中はデリカシーを守って欲しいデス！」

けほけほと可愛《かわい》い咳《せき》をしたソフィアが、眉をひそめて抗議した。

ノーマとチキは爆笑するだけで堪《こた》えない。

「え、先輩って二メートル超えるかもって心配してるんですか？」

「悪いデスか⁉」

諸葉は真面目《まじめ》に気になって質問し、ソフィアが頭から湯気を噴《ふ》いた。

「ハハッ、杞憂《きゆう》にもほどがあらあっ」

「えー、あたしは可能性あると思うなー☆」

「じゃあ賭《か》けるか、チキ？」

「そこぉ！　ワタシの不幸をギャンブルにしないで欲しいデス！」

「あなたたち、仲良しなのはいいけど冷《さ》めるわよ」

「「ハーイ」」

と、「長女」に窘《たしな》められたソフィアたちが食事に戻る。

一瞬静かになったと思ったら、

「コラーーー！　私を放置してご飯とは何事ダーーーー！」

アーリンがプンスカしながら食堂に突入してきた。

「まあ。忘れてたわ」

「忘れんナー、人にメンドイ仕事させといテー！　ミラの冷血ヤローー！」

アーリンの主張はもっともだったが、誰も笑って取り合わない。

「たまーに働いた時だけ威張《いば》んなヨ、ボス！」

「（要らない）野菜残しといてあげたから食べなよ、ボス☆」

「ごめんなさい……お肉は全部食べちゃったデス。完全に存在忘れてたデス、ボス……」

「君たち全員揃《そろ》って鬼《おに》ヤローだ！　シャルルんとこみたいにもっと私を崇《あが》めてヨ。迭戈《ディエグア》んとこみたいにもっと私を楽させてヨ、モ～」

「だったらPSGみてーに貫録《かんろく》つけろよ」

「でしたら御老人のように人徳《じんとく》を積むことを憶《おぼ》えなくてはね」

「フぬぐぅっ」

ノーマとミラの言葉の刃が突き刺さったように、アーリンが白目を剝《む》く。

一連のやりとりを見ている間、ずっと諸葉の食事の手は止まっていた。

アーリンの不平ではないが、こんなに敬《うやま》われない六頭領《シックスヘッド》は初めて見た。

でも、悪いこととも思えない。

エドワードが抱える孤独など、ここには存在してないように見えるのだから。

「なんで私だけこんなに部下に恵まれないんダー！　不公平ダー！」

「類友ってやつだと思うなー☆」

「嘘《うそ》ダー！　不合理ダー！」

チキがツッコみ、アーリンが頭を抱えて悔しがり、また爆笑の渦が巻き起こる。

食堂に満ちる笑い声が、いつまでもやまない。

諸葉は一緒にテーブルを囲みながら、不思議な懐かしさを覚えていた。

もちろんサツキたちとご飯を食べる時だって、笑顔は絶えない。

でも、今のこの感覚はちょっと違う。

そう例えば、叔母《おば》夫婦の家に帰ってきたような――

食事の後、ソフィアが本局のあちこちを案内してくれながら、

「騒がしくてゆっくりご飯も食べられなかったデスよね？」

そう謝った。

でも表情は明るくて、胸をドンと張っている。

まるで「どうデス、我が家は」と誇るように。

「ニューヨーク本局っていうからどんな堅苦しいトコかと身構えてましたけど、いい意味で不意打ちでしたよ」

素晴《すば》らしいところだと、諸葉は笑顔で賞賛した。

理解する。

ソフィアが日本に未練を残す一方、アメリカにも大切な「家族」たちを待たせていることを。

この二つのどちらかを選べと言われたら、そりゃあ簡単には答えを出せないだろう。

一方、まだわからないこともある。

彼女が「アメリカ支部を裏切るわけにはいかない」と言いきった、あの強い台詞。

その背景にある事情はまだ全く見えてこない。

気にはなれど、アメリカに来て今日明日でわかるようなものでもないだろう。

諸葉はのんびりした気持ちで、ソフィアに礼とおやすみを言って別れた。

本来まだ寝るには早い時間だが、時差ボケを直すにはそうした方がいいという。

亜鐘《あかね》学園出発から数えると、ほぼ丸一日行動をともにした計算だ。

わりと親しい間柄ではあるが、ソフィアとこんなに長時間一緒にいたのは初めてのことで、そう思うとちょっと感慨《かんがい》深い。

風呂（ジャグジー付！）をいただき、歯磨《はみが》きをすませ、用意された寝室へ。

そんなに広くはないが、暖かい部屋。

窓の外の寒さが嘘のよう。

ベッドに入ってシーツをかぶると、お日様の匂《にお》いがした。

きっと諸葉のために日中、干してくれていたのだろう。

その匂いは日本で嗅《か》ぐものと全《まった》く一緒で、飛行機であれだけ寝たにもかかわらず、諸葉はすぐに安らかな眠りを得ることができた。

SECTION 4

第四章 げに勇ましきお姉様方

翌日、目覚めは快調だった。

諸葉《もろは》はベッドで上体を起こすと、気持ちよく伸びをする。

全身に薄ぼんやりとあった時差ボケの疲れが、すっかりなくなっていることを確かめる。

食堂に呼ばれ、茹でパン《クネドリーキ》とハムとチーズ——伝統的なチェコ式の朝食を美味《おい》しくいただいて、初めて迎えるニューヨークの午前を堪能《たんのう》していると、

「ねえねえ、モロハ。ちょっとお願いがあるんだけど☆」

一緒に食卓を囲んでいたチキが、キャンディーボイスでおねだりしてきた。

諸葉はちょうどターキッシュコーヒー（チェコではトルコ式のコーヒーを飲むそうだ。なんという多文化だろう！）の、酸味《さんみ》のない軽やかな後口を楽しんでいたところだ。

「俺《おれ》にできることでしたら」

カップを置いて、のほほんと安請《やすう》け合《あ》い。するとノーマが話を引き継いで、

「オレたちボス以外のランクSとまともに会うのは、初めてなんだけどよぉ。どんだけツエかって、メチャクチャ興味あってタマんねえんだよ」

食後のタバコをくわえ、火を点ける。

美味《うま》そうに煙をくゆらせる。

諸葉は見逃さなかった。ノーマはライターの類《たぐい》を使うことはなく、タバコの先端がひとりでに発火したのだ。彼女は熾場亮《しばあきら》と同じ、炎の《螢惑《けいこく》》使いなのだろう。

「だからー、軽ーくあたしたちと汗を流して欲しいな☆　なーんて」

チキの殺人的に可愛《かわい》い上目遣《うわめづか》い。

つまり二人は、諸葉との手合わせを所望《しょもう》しているわけだ。

ミラが「妹」たちを半《なか》ば窘《たしな》めるように、また半ばを諸葉に向けて、

「断《ことわ》ってくれていいのよ？　他国の者に手の内を明かすことはないわ」

「いえ、そんなの平気ですよ。やりましょう、スパーリング」

即答した。《異端者《メタフィジカル》》を斃《たお》すことだけが本分であろうに、各支部間にある見えない壁の存在には由々《ゆゆ》しく感じている諸葉だ。ミラたちに明かして困る手の内などない。

「うれしーい☆　モロハって太《ふと》っ腹《ぱら》ー」

「あんた、スゲエよ。マジで他の連中みたいにお高く留まってねんだな！」

「ありがとう。準備するわね」

諸葉の快諾《かいだく》にチキがはしゃぎ、ノーマがガッツポーズで拳《こぶし》を握る。ミラも申し訳なさそうに、しかし喜びを隠せない顔つきになる。

「いや、六頭領《シックスヘッド》でもエドワード辺りはざっくばらんだと思いますけど」

諸葉としてはこんなお安い御用で、あまり褒《ほ》められても面映《おもは》ゆかったが、

「サーはあれで簡単に腹を割らない方デス」

一人まだ大量のパンを頬張《ほおば》るのに忙しかったソフィアが、ほっぺをふくらませて言った。

「その話、何度か聞きましたけどね。そんな底のある奴《やつ》じゃないと思うなあ……」

「きっとモロハの前だけ違うのデスよ。特別デス」

納得いかなかったが、反論材料も用意できないので引き下がっておく。

「さすが六頭領《シックスヘッド》の方々とも親交厚いのね」

「主に俺が一方的に迷惑こうむってるだけですよ」

しっとり微笑《ほほえ》むミラに、諸葉はいやいやと手を振った。

「うちのボスともヨロシクしてやってくれよ。あいつ、ヒッキーだから友達少ねえんだよ」

「そんで、あたしたちともね☆」

ノーマとチキが左右から言う。すると、

「モ～。誰が引きこもりだっテ～？　君たちは失礼だナ」

ネボスケ支部長サマが、目をこすりながら食堂にやってきた。

ミラが隣に座らせ、皿を運び、ぐずぐずしているアーリンが食べるのを横から手伝ってやる。

まるっきり「年の離れた、手のかかる妹」扱いである。

「ねー、ボス☆　あたしたちこれからね、モロハと遊びに行くんだけど、ボスも来るー？」

「え、やダ。今日は一日工房から出たくナい」

「今日もじゃねえか、ヒッキー！」

ノーマが力いっぱいツッコんで、諸葉たちは一斉《いっせい》に噴《ふ》き出す。

「こ、工房に籠《こ》もるのは、ヒッキーにカウントされないもン。常識で考えなヨ！」

アーリンが見苦しい弁明をしていたが、耳を貸す者は誰もいなかった。


コールドスプリングの北側には、広大な森と丘が何十キロと続いている。

どんな大都市でもちょっと郊外に出れば、手つかずの自然が雄渾《ゆうこん》に横たわっているのが、アメリカという国の特徴である。ここニューヨークも例外ではない。

戦闘服に着替え、上からコートを羽織《はお》った諸葉は、ソフィア、ミラ、ノーマ、チキというメンバーでその森の奥深くまでやってきた。

途中まではハイキングコースを行き、そこから先は道なき道を《神足通《じんそくつう》》で踏破する。

この寒い時期、ハイキングを嗜《たしな》む人はさすがにおらず、閑散《かんさん》としていた。

コールドスプリング北の植生は、幹が細く背の高い広葉樹が剣山のように生《は》え並んでおり、その景色がますます寒々しい印象を与える。

ニューヨーク本局の《救世主《セイヴァー》》たちは、普段からここで訓練をするのだとソフィアが教えてくれた。人目に付かず、派手に周囲をブッ飛ばしても迷惑かからないからと。

充分に人里から離れた辺りで、「そろそろやろうか」という空気になる。

諸葉、ミラ、ノーマ、チキの四人でコートを脱ぎ、戦闘服姿を冬の空気にさらす。

ソフィアはスパーリングに加わらない。もし万が一にも民間人が紛《まぎ》れ込まないようにと、周囲を警戒する係だ。また警告もしてくれる。

「亜鐘《あかね》学園の武道館ではないので、大ケガさせないように注意デス」

諸葉は深くうなずいた。

マヤの結界の有用さを強く実感する瞬間だ。一切《いっさい》の躊躇《ちゅうちょ》なく、全力全開で手合わせできるその価値は計り知れない。トレーニング環境としてこの上ない。

むかし小耳に挟んだことがある。

ソフィアはパワーを有り余らせ、コントロールするのを苦手としている。手加減ができないため、あるレベルを超えたころからスパーリング相手を昏睡《こんすい》させてしまうようになってしまい、一時期満足なトレーニングができなくなったのだと。

だけどアメリカ支部長はその欠点を矯正《きょうせい》する方向ではなくて、むしろ長所と見て伸ばすために、秘蔵《ひぞう》っ子《こ》のソフィアを亜鐘学園という格好の環境へ留学させたわけである。

「大丈夫、《鎮星《ちんせい》》メインでやりますし、そんなに強く打ちませんから」

諸葉は認識票《IDタグ》からサラティガを顕現《けんげん》させた。

昨日あんな「裏側」を見たばかりだが、やはりいざ手に取れば愛着に一切《いっさい》の曇《くも》りはない。

感触を確かめるために撫《な》でた、この刀身の如《ごと》く。

一方、諸葉たちから距離をとり、三人並んで対峙《たいじ》するミラたちも武装を終えていた。

小振りのサーベルを両手に握るチキ。

肘先《ひじさき》まで完全にガードする手甲《てこう》を、両腕に装着するノーマ。

何メートルもありそうな長鞭《ちょうべん》を、足元に垂らして広げるミラ。

三人ともなぜか認識票から顕現させるのではなく、わざわざ手に持って運んできていた。

準備完了した彼女らに向かってソフィアが、

「モロハ相手なら一切手加減要らないデース！」

「ちょっっっ、さっきと言ってること違うしっ」

「モロハ相手なら三人がかりで問題ないデース！」

「それ以上煽《あお》んないでっ」

諸葉は悲鳴を上げたがもう遅い。

ミラたちは互いに顔を見合わせ、

「そういうことなら――」

「胸ぇ借りようぜ。ぶっ殺《ころ》すつもりでやんなきゃ失礼ってもんだっ」

「やー、簡単に言える台詞じゃないよねー☆　かっこいー」

見事にその気になっていた。

「……恨《うら》みますよ、ソフィー先輩」

「ワタシの『姉』たちデス、優しくして欲しいデス」

そういうことになってしまった。

アメリカ支部を代表するランクAと三対一。

相手は全力、こっちはケガさせないように手加減。

どんなハンディキャップマッチだ、これ。

「………………始めますか」

諸葉は渋《しぶ》い顔になって剣を構えた。

渋い顔になっただけで剣を構えた。

右手一本、胸をやや反らす、得意、独特の自然体。

全身に纏《まと》うは白炎の通力《プラーナ》。

目の当たりにしたミラたちが、にわかに表情を強張《こわば》らせる。

「どうぞ。いつでも」

諸葉の誘いで我に返り、三人揃《そろ》って武器を構えた。

「お言葉に甘えるわね！」

初手を打ってきたのはミラだ。

いつもと違って声を張り、鞭《むち》を振るう。

やはり長い。

一歩も動いていないのに、諸葉のところまで余裕で届く。

そして、異様なほどに静かな一撃だった。

技によるものか武器の特性か、本来あるはずの風切り音が全く聞こえないのだ。

恐らくは牽制《けんせい》目的の、素直な一撃だったので諸葉は横にステップして難なくよける。

空を切り、地面を叩《たた》くミラの鞭。

小気味いい打擲音《だてきおん》がしてもよさそうなものだが、これも聞こえない。

しかしその無音の一鞭《ひとむち》が合図だったかの如く、ノーマとチキが跳《と》び出てきた。

《神足通《じんそくつう》》を使って迫る。

まず、二刀を振って襲いかかってきたのはチキだ。

諸葉も剣で応じ、受けて、力を逸《そ》らして、いなしてみせるが、チキの連撃は止まらなかった。

右のサーベルを捌《さば》けば左が来て、左のサーベルを打ち返せば右が来る。

かつてのＡＪがそうだったが、二刀流の熟練者は厄介《やっかい》なものだ。

フットワークも軽く、チキ自身が右に左に目まぐるしく動く。足に付けたいくつもの金環《きんかん》がリズムよく鳴り響く。

「いっくよー☆」

いきなりチキが右足を蹴《け》り上げた。

ミニスカートが翻《ひるがえ》り、めくれるのも構わず大胆に、垂直に、跳《は》ね上がった爪先《つまさき》。

諸葉は咄嗟《とっさ》に後退《あとずさ》って避《さ》けたつもりだが、戦闘服を縦に浅く裂かれていた。

してやったりとほくそ笑むチキ。右足を跳ね上げた格好から前へ、勢いをつけ、側転を決め、左足の爪先が、諸葉の頭上から迫ってくる。

今度は諸葉も捉《とら》えた。

チキの爪先に、鋭利《えいり》な光の刃のようなものが顕《あらわ》れている。これはチキの《螢惑《けいこく》》か？

いや、恐らく違う。足首に着けた金環が、不思議な輝きを灯《とも》している。こっちの仕業《しわざ》だ。

「アーリンさんの発明品ですかっ？」

諸葉は体を右に捌《さば》いて、頭上から迫る光刃付きのキックを回避。

「あったりー☆」

側転を終えたチキはその勢いを殺さず、剣で薙《な》いで追撃、さらに勢いを利用して後ろ回し蹴《げ》りへ繋《つな》げ、爪先の光刃で連続追撃。

さらにはアクロバティックに逆立ちし、ミニスカートが垂れ下がるのも構わず足を水平に開脚し、独楽《こま》のように回転しながら両爪先の光刃で斬りつけてくる。

両手のみならず両足までも使った、四刀流とでも呼ぶべき独自の剣技。
面白《おもしろ》くてしばし見ていたくなり、諸葉は防戦に回る。
体捌《たいさば》きと剣捌きでチキの斬撃を凌《しの》ぎ続ける。

と――

諸葉の軸足に何かが巻き付いた。
蛇《へび》のように地面を這《は》い、無音で忍び寄ったミラの鞭だ。
源祖の業《アンセスタルアーツ》の光技、《辰星《しんせい》》。
巧《たく》みな念動力によって諸葉の足をすくい、注意を奪う。
同時に、チキが立った状態から両足を一八〇度開脚し、その場にストンと腰を下ろす。
「おおおおおおおおうらっ」
さらに同時、下がったチキの頭上を跳び越えて、ノーマが殴りかかってきた!
チキをブラインドに使った奇襲攻撃である。
その手甲が真《ま》っ赤《か》に燃えていた。
紅蓮《ぐれん》の《螢惑《けいこく》》を纏い、叩きつけられる右ストレート。
実戦ならばその腕を斬って落とす選択肢もあったが、今は当然ナシ。
諸葉は己も左腕に守りの通力《プラーナ》を集め、受けに回る。
戦闘服が通力《プラーナ》に反応し、部分装甲の如く防御に適した形状へと変化を遂《と》げる。

そこへ打撃と熱撃が同時に来た。

「攻撃は易《やす》し　防御は難《かた》し」である、完璧に防げるものではない。

その上に軸足を鞭で取られているため、受け身の姿勢がうまくとれず、衝撃を逃がせない。

「……つぁっ」

まともに食らって苦悶《くもん》の声が漏れる。

「うらうらうらうらうらうらうらっ」

嵩《かさ》にかかったノーマのラッシュ。

諸葉はフットワークの自由を取り戻すため、軸足の《剛力通《ごうりきつう》》を振り絞《しぼ》った。

力比《つなひき》べは嫌なのか、無音の鞭はするりと逃げる。

体が自在となった諸葉は、ノーマと真っ向打ち合った。

炎の拳が来れば上体の動きでかわし、剣で軌道を逸らす。

諸葉が剣の峰《みね》で打ちかかれば、ノーマは手甲でガードを固めてブロックする。

「硬《かた》いっ。いい手甲だっ」

「あんなボスでも匠《たくみ》の業《わざ》は折り紙付きだぜ！」

ノーマが好戦的に頰《ほお》を吊《つ》り上げた。

「オレの炎は諸刃の剣！　火力を増すほど暴走し、オレ自身まで焼き焦がす暴れん坊よっ。だけどこの手甲は、いくら無茶しても守ってくれんだよッ」

右拳に纏う炎が数倍の大きさに膨れ上がった。

熾場《しば》の「概念《がいねん》的炎」に比べてトリッキーさもないし、攻撃範囲も絞られている。

が、この一点に凝縮された火力だけなら、なかなかのプレッシャーを諸葉は感じる。

(受けるのは悪手《あくしゅ》だな)

一瞬で判断し、大きく後へ跳《と》ぶ。おかげで、

「うるぁぁぁぁぁぁああああああああああああ」

ノーマの渾身《こんしん》の一撃は、かなりタイミングを外して空転した。

カウンターに出る好機である。

なのに、再び足元に忍び寄った無音の鞭がさせてくれない。今度は不意打ちをかわした諸葉だが、巻きつこうとする鎌首《かまくび》をよけるために、たたらを踏まされてしまう。

一方、ノーマは拳を振りきった体勢からそのまま、屈伸姿勢をとっていた。

なんだ？　と訝《いぶか》しむ間もない。

背後から駆け寄っていたチキが、ノーマを台座に跳馬《ちょうば》の要領で飛ぶ！

開脚のまま上下に左右に、複雑な回転と捻《ひね》りを加えながら中空を舞い、両手両足の刃を振り回して肉薄してくる、四刀流の奥義《おうぎ》。

こっちはミラの鞭にちょっかいかけられ、体勢を崩されたところだというのに。

逆撃するチャンスどころか、追撃をしかけられる始末。

諸葉は頭上より襲い来る剣の旋風《チキータ》の迎撃のため、

「そは不可視《ふかし》の小太刀《こだち》――」

風の第一階梯《かいてい》、《引き裂く突風《ブリーズ ブレイド》》の威力低下アレンジをスペリングするが、

「させないわ！」

ミラの鞭が生き物のように動いて、綴《つづ》る左手をからめとろうとしてくる。

諸葉はすんでかわすも、スペリングは妨害《ぼうがい》されてしまう。

おかげでチキの迎撃はもう間に合わない。

「たぁーーーーーっ☆」

両手両足の刃を、全身ごと回転させて振るうダイナミックな四斬撃。

その左手と右足の刃はサラティガで弾くが、右手と左足の刃まで手が回らず、やむなく《金剛通《こんごうつう》》を振り絞って対処する。双眸《そうぼう》を瞠《みは》り、広く見て、斬撃の軌道を完璧に見切り、斬線に合わせてその部分にだけ守りの通力《プラーナ》を集中させる。その通力《プラーナ》に戦闘服も反応し、線状に硬化する。

刃で裂《さ》かれ、諸葉の肩口と腿《もも》に朱線《しゅせん》が走った。

が、浅い。

「硬すぎるよーーーっ⁉　信じられないーーーーっ」

斬った方のチキが泣き言を叫ぶ。

そのままベタっと地面に倒れ伏すように墜落《ついらく》。

いや、墜落ではなかった。これは意図的な着地。

すかさずノーマがチキの背中を跳び越えて、燃える右ストレートを見舞ってきたのだ。

さらにはミラが操る無音の鞭が、左を大きく迂回《うかい》する軌道で背中を打たんと迫る。

(凄《すさ》まじい連携だなっ)

諸葉は内心、賛辞を贈った。

息つく暇も与えてもらえない。

やむなく自分で息つく暇を作り上げる。

ノーマの拳をぎりぎりまで引きつけてから、残像を作るスピードで回避。

「うおっ⁉」

手応えのなさにノーマは驚き、それから《巨門《こもん》》にしてやられたと気づき、歯噛《はが》みする。

その隙《すき》に諸葉は距離をとり、一息整えた。

再び殴りかかってくるノーマ、その背後にスっと隠れるチキ、後方から鞭を操り、横槍《よこやり》入れるタイミングを虎視眈々《こしたんたん》と狙うミラ。

三人を眺め、諸葉はすうっと目を細める。

白騎士機関《しろきしきかん》では戦いにおいて、特に連携を重視する。

実戦部隊《ストライカーズ》の特別演習でも大半はそこに費やされる。

石動迅《いするぎじん》の指導と指揮は見事なもので、実戦部隊《ストライカーズ》の連携力はかなりのものだと自負している。

だが、ミラたち三人の連携力はもっと上。

次元違いを感じさせるほどの格上だった。

思い起こせば、シベリア行《こう》の時――

諸葉はクラスノヤルスクで、最悪最凶《ロシア》の精鋭《せいえい》たちと八対一で戦った。

内、カティアは手加減してくれていたし、鏡使いが参加したのは最後の最後だったので勘定《かんじょう》から外すとして。

あの時戦った六人は、誰もが強力な《救世主《セイヴァー》》だった。

個々の強さは、ミラたちと大同小異であろう。

だけど諸葉は確信する。

あの時の六人と、ミラたち三人が交戦すれば、連携力の差で「三」の方が圧勝する、と。


そう認めた上で、諸葉の思考は目まぐるしく戦術を模索《もさく》する。

(すごい練度だ……でも、いいい、出来過ぎだろう?)

特に、チキとノーマが互いに攻撃役をスイッチする連携が、異彩《いさい》を放っている。

実戦部隊《ストライカーズ》の中でも、諸葉と春鹿《はるか》の近接戦連携の妙は群を抜いているが、あれだって戦闘中に細かなアイコンタクトを入れて、コンビネーションを成立させているのだ。

比べて、チキとノーマはさっきから、目も合わせていない。

何かタネと仕掛けがある。

異彩を放っているからこそ、その不自然さも目立ち、諸葉は気づきに至る。

（……目を合わせるどころか何も合図《あいず》らしきものは見てないんだ……だったら……）

ものは試せ。まごまごしてる奴から死んでいくのが戦場の習い。

諸葉は耳に通力《プラーナ》を注ぎ、聴覚を研《と》ぎ澄ませる。

源祖《アンセスタル》の業《アーツ》の光技《こうぎ》、《天耳通《てんにつう》》。

常人には聞こえぬ音すら聴《き》くための業《わざ》だ。

迫るノーマのジャブが、風を切る音が聞こえる。

そこに宿った炎が、揺らめく音が聞こえる。

拳をかわすために諸葉が上体を振り、大気が揺らぐ音が聞こえる。

そして、何よりも——ミラが操る、地面を蛇のように這い回る鞭の、その蛇行《だこう》に合わせて
楽曲の如く鳴り響く、燦然《さんぜん》たる旋律《せんりつ》が……！

生物の耳には可聴域《かちょういき》というものが存在する。

音の周波数が高すぎても、低すぎても、人間の耳には聞こえなくなるのだ。

ミラの鞭はその動作に合わせ、超高周波を発していた。

音を消す魔法の鞭ではなかったのだ。

音を高周波に変える魔法の鞭だったのだ。

ミラは戦いの間ずっと、《辰星《しんせい》》を使って鞭を楽器の如く操り、常人には聞こえぬＢＧＭを奏でていたのだろう。ノーマたちは最初から《天耳通《てんにつう》》を使い、それを聞きながら戦っていた。

つまり、二人の玄妙《げんみょう》なる連携のタネは、後方にいるミラの指揮。

そうとわかれば諸葉は対策を打つのみである。

「ちょろちょろしないで打ち合おうぜ、モロハさんよぉ！」

ノーマが真《ま》っ直《す》ぐ殴りかかってくる。

馬鹿《ばか》の一つ覚えだがこれがいい。変化はチキとミラがつけるので、三人一緒だとアクセントになっている。

現に今、地を這うミラの鞭の蛇行運動が盛《さか》んになっていた。奏でる旋律もドラムロールのように激しいものに変わっていき、楽曲の最高潮《クライマックス》を迎えつつあるのが諸葉にもわかる。

このクライマックスが、ノーマとミラがスイッチする合図に違いない。

肉薄する炎の拳。諸葉は迎え撃たんと剣を構え、同時に大きく息を吸う。

（ここ！）

そして、放つ。

「おおおおおおおおおおおおおおおおっ‼」

通力《プラーナ》も乗せた嘯声《しょうせい》。大気を割るほどの一撃となって、ミラの演奏をかき消す。

瞬間、チキとノーマはスイッチの合図を見失い、ノーマはそのままパンチを続け、チキが彼女の背中にぶつかった。


「ちょっ!?」

二人が互いを非難するように叫ぶ。

その隙《すき》を見逃す諸葉ではない。

刀身に集めていた皓《しろ》き通力《プラーナ》を振るい、峰からノーマの胸に叩きつける。

意識を刈《か》り取る五星技《ごせいぎ》、《鎮星《ちんせい》》。

ノーマは気力と通力《プラーナ》を振り絞って抗《あらが》おうとしたが、奔流《ほんりゅう》の如き諸葉の通力《プラーナ》に押し流され、意識を失いその場に倒れる。

まず一人……!

諸葉は一気呵成《いっきかせい》に返す太刀《たち》を振るう。

が、チキも然《さ》る者、ノーマがやられるや否《いな》やバク転を打って逃げていく。

後方で戦場を俯瞰《ふかん》していたミラの隣に並び、あちらも息を整えながら、

「アハハハッ、すっごいねー☆　ランクSの人たちって、てっきり力押ししかできないんだと思ってたー。それしかする必要もないしねー」

「こうも見事にあしらわれると、いっそ清々《すがすが》しいわ」
「じゃー、清々しいついでに、最後にドッカンやっちゃおっかー☆」
「まあ。……でも、そうね。せめて全力を尽くしましょう」
ミラがこちらへと、空いた左掌《ひだりてのひら》を静かに向けてくる。
チキがサーベルをくわえて右手を空け、ミラの左腕にからめながら掌をこちらへ。
彼我の距離は遠く、ゆえに白鉄《しろがね》の彼女らが何をしてくるか、察するのは容易だった。
からんだ腕と腕が通力《プラーナ》の輝きを高まらせ、手と手が二種の力を放つ。
ミラの掌からは凍《い》てつく冷気が。
チキの掌からは渦巻く暴風が。
混ざり合って氷の嵐《あらし》となり、諸葉を呑《の》み込まんと荒れ狂う。
ノーマも含め、三人ともがレアな《螢惑《けいこく》》使い。
しかも魂《たましい》の象《かたち》の相性《あいしょう》がよく、こうして合体技にもできるとは。
アメリカ支部長の懐《ふところがたな》刀と呼ばれているのも伊達《だて》ではない。
（珍しいものを見せてもらったしな）
諸葉は不敵に微笑《ほほえ》んだ。
胸中にいたずら心が芽生《めば》えてくる。
まずはミラたちが纏う通力《プラーナ》の色を、子細に観察。

次いで二人に左手を向け、スペリングを開始。

高速も高速、白鉄の超人的肉体を併《あわ》せ持つ諸葉だから可能な、ハイスピード。

「綴《つづ》るっ——」

ミラは《螢惑《けいこく》》に集中しているため、鞭による妨害《ぼうがい》はもう来ない。

冥界《めいかい》に煉獄《れんごく》あり　地上に燎原《りょうげん》あり
炎は平等なりて善悪混沌一切合財《こんとんいっさいがっさい》を焼尽《しょうじん》し　浄化しむる激しき慈悲《じひ》なり

詠唱も完了。

第二階梯闇術《あんじゅつ》、《猛火《ブレイズ》》。

諸葉の左掌から燃え盛る炎が顕現し、従順な猟犬《りょうけん》の群れの如く解き放たれる。

地を駆け、迫る氷の嵐に真っ向跳びつき、食いかかる。

熱気と冷気が鬩《せめ》ぎ合う。

熾烈《しれつ》で、苛烈《かれつ》で、ゆえに勝敗は一瞬で決し、派手な水蒸気爆発とともに幕を下ろす。

猛火も氷嵐《ひょうらん》も姿を消し、叩きつけるような雨がしばし地面を濡らすのみ。

高くなったニューヨークの日差しを浴びて、木間《こま》に淡《あわ》い虹《にじ》がかかる。

両者の威力がピタリ同じだったからこそ起きた、完全相克《そうこく》。

「「すごい……っ」」

ミラが口元に手を当て、チキが目を丸くしてどよめいた。

これが偶然ではなく、人為《じんい》による結果だと気づいて。

そう、諸葉は二人の通力《プラーナ》の色から《螢惑《けいこく》》の威力を見切り、応じる闇術の火力を精密に調節していたのだ。

「……完敗だわ」

「いやー、役者が違うってこういうことを言うんだねー。いい体験させてもらっちゃった☆」

ミラとチキが脱帽《だつぼう》して武器を下ろす。

諸葉は微笑《びしょう》を屈託《くったく》のないものに変え、二人に倣《なら》った。

「では、ここまでで」

白目《しろめ》を剝《む》いてるノーマに肩を貸して立たせながら、提案する。

サツキや春鹿《はるか》なら「休憩を挟《はさ》んでもう一本！」という展開になるが、ミラたちからはもう満足ムードが漂っていたからである。

SECTION 5

第五章

げに麗しきお姉様方

皆でニューヨーク本局まで帰った後、ミラたちが諸葉《もろは》に闇術《あんじゅつ》の治療を受けさせた。

「いや、この程度の傷なら《内活通《ないかつつう》》ですぐ治りますよ」

と諸葉は言っていたが、そういうわけにはいかないのだろう。

チキが変な気を利かせて、「とびきり美人」と評判の黒魔《くろま》を出勤させ、治療に当たらせた。

その間にソフィアは、ミラ、ノーマ、チキに別部屋へ連れていかれ、密談に巻き込まれる。

「オレたちのちっぽけな想像なんてぶっちぎってるぜ、ありゃあ！」

諸葉の《鎮星《ちんせい》》に打たれた後、計ったようにきっかり五分で目を醒《さ》ましたノーマが、興奮気味にまくし立てた。

「モロハくんにはぜひ、アメリカ支部に入ってもらお☆」

チキがロリポップでエネルギー補給しながら、小悪魔《こあくま》めいた笑みを浮かべた。

ソフィアは血相《けっそう》を変えるしかない。

「無茶苦茶《むちゃくちゃ》デス！　そんなこと企《たくら》んでたんデスか⁉」

「企むだなんて人聞きのワリィこと言うなよなっ。スゲエ奴《やつ》だからスカウトしてえってだけじゃねえかよ」

「そ、そ☆　どこもみーんなやってる、フツーのことよね」

「モロハは善意で助けに来てくれたのデスよ⁉　なのにそんなだまし討《う》ちみたいな――」

「待てよ、今のは聞き捨てならねえぜ、ソフィー！」

「アメリカ支部はいいとこでしょ☆　そこへモロハくんを誘《さそ》おうってのは悪意？　違うよね？」

「そ、それはそうデス……けど……」

左右から言いくるめられ、ソフィアはしどろもどろになる。

「いつもいつも、オレらんトコばっかり引き抜かれて、ハラワタ煮《に》えくり返ってんだ……」

「たまにはあたしたちにいい目を見させてくれても、神様だってバーゲンセールで倒産したりはしないよねー☆」

「……それもそうデスけど」

二人の気持ちもわかりすぎて、ソフィアはますます声が尻《しり》すぼみになる。

だから、すがるような目を「長女」であり「アメリカ支部の良心」であるミラに向けた。

彼女はノートパソコンで事務仕事をしながら、

「この子たちが言い出したら聞かないのは、ソフィーも知ってるでしょう？」

今は仕事以外にかまってられないの、とばかりに素《そ》っ気《け》なく答えた。

頼みの綱がこれで、ソフィアは顔を蒼褪《あおざ》めさせる。

「よーっし。んじゃモロハに、ニューヨークのスバラシサを知ってもらわねえとなっ」

「うふふ、どんなイイコト教えちゃおうか☆」

一度暴走すると止まらない、二人の「姉」をハラハラと見つめる。

「でもでも、モロハは絶対に日本へ帰ると思うデス」

「そんなのわからないじゃなーい☆　あたし、自分の魅力には自信あるしぃ？」

チキが机の上に腰かけ、自慢の脚線美を見せつけるように右足を高く掲げ、しなを作る。

「ソフィーだって、モロハくんが来てくれたらうれしいでしょー？　卒業してもバイバイしなくてすむんだよ☆」

「そ、そりゃうれしいデス……けど、大事なのはモロハ本人の気持ちデス！」

「落ち着け、ソフィー。オレらだってランクSを思い通りにできるなんて、つけ上がってねえよ。アメリカ支部はいいとこだぜって全力でアピールする、だけどモロハが帰るっつったらそれまでだ。意思を尊重するし、オレらも諦《あきら》めがつく。もう一度聞くぜ？　それが悪いことか？」

「ううう……」

真摯《しんし》な顔でノーマに説《と》かれ、確かに筋は通っているように聞こえ、ソフィアは完全に言葉を失ってしまった。

「決まりね」

ミラがノーパソを閉じて、「副支部長」としての許可を出す。

ノーマがガッツポーズで拳《こぶし》を握り、チキが爪をヤスリで磨《みが》く。

（もう知らないデスっ。みんな玉砕してハートブレイクすればいいデスっ）

ソフィアは頬《ほお》をふくらませ、一人いじける。

「デカ女がそんな顔しても可愛《かわい》くねえぞ」

「まあ、慰《なぐさ》めてくれる男はいないよねー☆」

「ノーマとチキはデリカシーが壊滅してるデス！」

ソフィアはひどい「姉」たちに憤慨《ふんがい》するが、二人ともデートプランを練るのに忙しそうで、うわの空で聞き流された。

◎

翌日。つまり、諸葉がニューヨークに来て三日目。

今日のミラは大忙しだそうで、食事の準備ができていないと言われた。

何度も謝られたが、それで気分を害するほど諸葉は子どもじゃないし、甘えてもいない。

「どこかで軽く食べてきますよ。お仕事がんばってください」

笑って答えて、出かける準備をする。

本局のあるコールドスプリングは田舎《いなか》町だが、散策がてら探せば庶民《しょみん》向けレストランの一軒《いっけん》や二軒は見つかるだろう。そんな風に考えつつ玄関で靴《くつ》を履《は》いていたら——

「せっかくだし、あたしと出かけないー？　美味《おい》しいお店に連れてっちゃうよー☆」

妙におめかししているチキに声をかけられた。

いつもより一割増しでスカート丈が短く、胸元周り肩周りの肌が二割増しで露出している。

ともあれ願ってもない話だ。ぜひにと頼むと、

「でねでね、さらにせっかくだし、マンハッタンかクイーンズの方まで行ってみない？　すっごいお店をいっぱい案内しちゃうよー☆」

「それはいいですけど、遠いんじゃないですか？」

「電車で一時間ちょっとだもん、すぐすぐ☆」

チキはそう言って、コケティッシュにウインクをする。

その仕種《しぐさ》同様に魅力的な提案ではあるのだが、

「本局からそんなに離れたら、まずくないですか？　いつ魔神《まじん》級が出るかわからないですし」

諸葉は遊びにアメリカまで来たわけではないのだ。

二十四時間肩肘《かたひじ》張るほどクソ真面目《まじめ》ではないが、最低限のけじめはつけたい。

「平気だよー☆　もし出現したら日本のアンドーから連絡が来るけど、それから皆が出発準備を始めて、一時間はかかっちゃうもん。その間にあたしたちも急いで戻ればいいだけ」

「そういうことなら……じゃあ、お願いしていいですか？」

「やったー☆　モロハくんとお出かけ、お出かけ」

チキはいそいそとハーフコートに袖《そで》を通し、マフラーを巻いて可愛い帽子をかぶる。

でもミニスカートと素足《すあし》はそのままの扇情《せんじょう》的な服装。

見ているこっちが寒くなってくるが、人のファッションにとやかく言う趣味はない。それより、

「ソフィー先輩も誘っていいですか？」

「ダーメ。二人っきりじゃないとデートにならないじゃーん☆」

「デートって……」

「うふふ、いいでしょー？　せっかくだしモロハくんのこといっぱい知って、いっぱい仲良くなりたいなって思うの。そしたら二人きりの方が、いっぱいおしゃべりできるよねー☆」

「そりゃ俺《おれ》もどうせなら仲良くしたいですけど」

「ソフィーとはまた三人で出かけよ？　だから今日はあたしとデート☆」

「しょうがないなあ」

諸葉は頭をかきながら了解する。

可愛い顔をしているチキだが押しは強い。

やっぱり「甘え上手な三女」だと痛感させられた。

コールドスプリング駅からメトロノース鉄道ハドソン線を使って、マンハッタンを目指す。

メトロと言っても地下鉄ではなく、メトロポリタンの略らしい。

地上を走る普通のディーゼル列車で、ハドソン川に沿ってその畔《ほとり》をのんびり南下する。

車窓から見える川辺の景色はのどかそのもの。ここは本当に大都会の象徴近郊《ニューヨークきんこう》なのかと諸葉は不思議に思えてくる。

むしろ「赤毛のアン」とか「若草物語」とか、昔のアメリカ小説の世界に紛《まぎ》れ込んだような錯覚《さっかく》すら抱く。そのどちらもちゃんと小説版で読んではいないので、あくまでイメージだが。

ＪＦＫ国際空港からデルタで走った時同様に、景色からだんだん緑が消え、鉄とコンクリートが増えてきて、列車は都心部へと至る。

マンハッタンに着くと電車を乗り継ぎ、今度こそ地下鉄《メトロ》を使う。

壁は銀ピカでツヤツヤで、照明は明るく、お客が整然と席に並ぶ車内。

「ニューヨークの地下鉄って、てっきり無法地帯だとばかり……」

またもイメージとの落差がすごくて、諸葉は唸《うな》らされた。

実はチキに乗ると言われた時、内心おっかなびっくりだったのだ。

「あはは、ちょっと前まではホントにそうだったけどねー☆」

当時の市長と市警の努力によって、劇的改善したと教えてくれるチキ。

また、列車の内装もガラっと変えたそうで、犯罪抑止のために死角となる陰《かげ》を少なくしたり、「どうせ汚れてるんだし俺も汚していいや」という人間心理を抑止するために美しいデザインを取り入れたりしたらしい。

「そのデザイナーって確か日本人だよ☆」

「へえ！」

諸葉は感心した。

まさか異国の地下鉄の治安改善に、同じ日本人が一助となっていたとは。

「そんなに珍しい話でもないよ。ニューヨークには日本人もたくさん住んでるからさー。イースト・ビレッジとか特にね。きっと日本人にとっても住み心地《ごこち》がいい街なんだろーね☆」

「かもしれませんねー」

諸葉は特に反論もなく相槌《あいづち》を打っただけなのだが、

「モロハくんがそう言ってくれてうれしーなー☆」

チキが殊更《ことさら》に喜ぶので怪訝《けげん》に思う。

「そんなにうれしいですか？」

「うれしーよー☆　自分の生まれた街をよく言われるのは」

相槌こそ打ったが、そんなに褒《ほ》めたつもりはない諸葉は、チキのこの反応に戸惑う。

だがまあ、喜んでくれるなら別に構わないかと思い直した。

そして、綺麗《きれい》で居心地悪くないメトロに揺られることしばし、諸葉たちはクイーンズ行政区にあるジャクソンハイツに到着した。

無数の狭い路地にびっしりと、原色ケバケバの店や屋台が並び、様々な人種の人々でひしめく、猥雑《わいざつ》な街である。

「こ、こういうところは治安よくないって聞くんですけど……?」

「もー、日本じゃニューヨークって、そんなにデンジャラスシティだと思われてるのかなー?」

チキが唇《くちびる》を尖《とが》らせた。そんな仕種も反則的に可愛いのだが。

「でも、モロハくんがそんなに恐いなら、あたしが腕組んで歩いたげるねー☆」

チキの両腕がするりと諸葉の腕にからんでくる。

「いやもう安心しましたからっ」

「ダーメ☆　お客様にもし何かあったら、あたしがミラに叱《しか》られるもん」

「参ったな……」

振り払おうにも、チキの腕はガラス細工のように華奢《きやしや》で、壊してしまいそうでできない。

「どーだ、うれしいかー?」

「そりゃ……うれしくなくは、ないですよ?」

男の子だしね?

「あはは、よかったー☆」

「あはは……」

諸葉は顎《あご》を落として諦める。

「じゃー、いざ腹ごしらえの旅へー☆」

チキに引っ張られ、諸葉はジャクソンハイツの路地から路地へ練り歩いた。

最初に連れていかれたのは、真緑の看板が目に痛いメキシコ料理店だ。

店先でテイクアウトも販売しており、そっちへ行く。

よく日に焼けた店のおばちゃんとチキは顔見知りのようで、料理を作ってもらっている間、愛想よく談笑していた。二人がしゃべっているのは英語ではなく、全《まった》く聞きとれない。しかし、今のチキは英語を使って話している時のチキよりさらに闊達《かったつ》で、ちょっと眩《まぶ》しいくらいに活《い》き活きとして見えた。

「Hasta luego!」

買い物をすませて包みを受け取ったチキが、手を振って別れを告げる。

「スペイン語ですか、今の？」

「正解☆」

メキシコ料理店だったからおばちゃんもメキシコ人、メキシコの母語はスペイン語、という単純な推測だった。一方、チキの両親はスペイン本国から来たスパニッシュらしい。

「アメリカじゃ英語の次にスペイン語が使われてるんだよー☆」

ちっちゃな鼻の穴をひくつかせ、誇らしげに教えてくれる。

「それは知りませんでした」

諸葉は改めて街並みを見渡す。

周囲から聞こえてくる言葉も、並んでいる文字も、英語とスペイン語だけではない。

真《ま》っ青《さお》な看板のベネズエラ料理店など、南米系の店がある。

真っ白な看板のインド料理店、真《ま》っ赤《か》な看板の韓国《かんこく》料理店、真っ黄色な看板の中国料理店といったアジア系の店もある。

なんの規則性もなく雑然と建ち並び、一つの街に同居する。

日本人の諸葉が初めて目《ま》の当たりにする、生の「人種のるつぼ」。

この街は、諸葉にはとても興味深い。

「突っ立ってないで、食べてみてよー☆」

チキがさっき買った包みを半分開いて、諸葉に突きつけた。

今では日本人でもよく知ってる、タコスだ。トルティーヤという生地でいろんな具を挟んだ軽食で、諸葉もファミレスのフェアなんかで食べたことがある。

「……いただきます」

うりうりと突き出され、諸葉は思いきりかぶりつく。

鮮烈なサルサの辛《から》さが舌を衝《つ》いた。でもすぐに具のサイコロステーキから染み出た脂《あぶら》が、まろやかに舌を包んで守ってくれる。刻み野菜のシャキシャキ感がいい。

でも何より美味《うま》いと思ったのが、

「トルティーヤのトウモロコシ感がこれでもかってきますねっ」

「メキシコ人は大好きだからねー☆」

これが本場の味かと感激する。

諸葉がかじった後をチキがかぶりつき、交互にかじってあっという間に平《たい》らげてしまう。

するとチキは通りにあったメキシカン屋台を指す。

「なんならあれも食べてみる？」

見れば、網を使って焼きトウモロコシを作っていた。

日本の縁日《えんにち》なんかでよく見るやつと違うのは、しょうゆじゃなくてチーズをかけている。

どんな味がするのか試してみたい。

「じゃー、買ったげるねー☆」

チキが一本もらってきてくれて、諸葉は受け取る。串がぶっ刺してあるので食べやすい。

溶けたチーズとトウモロコシのからみは絶妙で、考えてみればコーンを載せたピザは美味《おい》しいのだから、これも合わないはずがない。

「トルティーヤの他にはこんなのもあるよー☆」

それを平らげている間にも、チキが中華料理屋からパックを買ってくる。

皮の代わりに湯葉を使った揚げ餃子《ぎょうざ》だった。

「これも美味しい……」

「でしょ☆」

揚げた湯葉はパリっとして、でも豆腐由来なのでやっぱりアッサリ。それが濃厚ジューシーな豚の挽肉《ひきにく》と相性《あいしよう》がいい。

「次、インド行ってみよっか☆　タンドリーチキンはわかるよね？　ドーサは知ってる？　インドのクレープ。あたし、これ好きでさ、米と毛蔓小豆《ブラックグラム》で――」

熱心に語りながら、そのドーサでタンドリーチキンを巻いたものを買ってきてくれる。

辛いだけでなく香り深いチキンを堪能《たんのう》しながら、諸葉は感嘆する。

「ほんとなんでもアリなんですねっ。この街、楽しいっ」

チキが買ってくれたものは、どれもこれもが頬が落ちるほど美味しい。

しかも通りには、食べ尽くせないほどたくさんの店が並んでいる。

まるで毎日が縁日のような街。

「でしょー☆　連れてきてあげてよかったー」

チキが再び腕に腕をからめてくる。

「あたしにも食べさせてー☆」

キャンディーボイスでおねだりされて、諸葉は苦笑しながら仰《おお》せのままに。

「なんかこーしてると、あたしたちもう恋人みたいじゃない？」

「ははは、周りからだとそう見えるかもしれませんね」

「あ、モロハくんってはぐらかし方うまーい。意外ー☆」

「ははは……」

諸葉は苦笑の苦み成分を追加する。だから、

「次は甘い物が食べたいですね」

「ここのスイーツは閉口するくらいアッマアマだよー☆」

タンドリーチキンを買った店を、チキが指す。

「閉口はちょっと……」

「あはは、甘いのはまだあとあと！　他にも食べて欲しいものがいっぱいあるんだからー☆」

と――

その後もチキは、様々な国の様々な料理を食べさせてくれた。

ヒマラヤの餃子・モモは厚い皮がむっちりしていて美味《びみ》。ファラフェルというひよこ豆のコロッケを挟んだサンドイッチは、中近東版精進《しょうじん》料理という感じで趣《おもむ》きがある。ベトナムの生春巻きは日本で食べるものよりずっとコリアンダーが効いていて、トルコのケバブはヨーグルトソースがこれでもかとかかっていて、それぞれに面白い。

食べ歩きできるものばかり選ぶので自然と、具をパン的なもので挟んだり包んだりする料理が続くが、まるで飽きない。

国の数だけ、文化の数だけ、違った美味しさの形があるのだと目を啓《ひら》かせてくれる。

諸葉は食べ盛りだし、チキも細いくせに健啖家《けんたん》で、一緒に次々店を回る。

この目まぐるしさが楽しくて仕方ない。

アルゼンチン料理店の豪快なミックスグリルは中で食べなければいけないと言われ、運ばれた鉄板の上でじゅうじゅう音を立てる牛、豚、鶏《とり》にまた食欲がわく。

コロンビア人は甘い物好きらしい。ケーキ屋にはでっかいお菓子が並んでいた。チョラドと呼ばれるリッチなかき氷は必食だと言われたが、さすがにこの寒さでは断念した。


「あー、お腹《なか》いっぱい☆」

「もう入りません」

幸せな満腹感に包まれながら、チキと腕を組んで歩く。

ジャクソンハイツを充分に堪能し、駅への近道だからと細い裏路地を行く。

店と店の狭間《はざま》にたまたまスペースができました、という感じの小道だ。

通りからは陰になっていて、人気《ひとけ》もほとんどない。

途中、行く手に中南米系のカップルを見かけた。

この昼日中《ひるひなか》から夢中になって、キスを繰り返している。

もちろん、諸葉たちなど眼中にない。

こっちが気恥《きは》ずかしい思いをしながら、脇を過ぎ去る。

諸葉一人だったら大して何も思わなかったが、今は隣に妙齢の女性がいるので気まずい。

「びっくりした？」

ところがその妙齢の女性があっけらかんと――いや、むしろいたずらっぽい声音で言った。

「こっちの人は大胆ですね」

仕方なく諸葉も芸のないコメントを返す。

「ラテン人は欲望に素直だからー☆」

「そ、そういうもんですか」

「ふしだらって言わないでね？　あたしたちはただ純粋なの☆」

「ま、まあ、俺も他人様《ひとさま》に口幅《くちはば》ったいこと言う気はないですし……」

腕に抱きついたまま上目遣いでウインクしてくるチキに、諸葉はたじたじになる。

ますます気まずい空気に、頭をかきながら先を急ごうとしたが、

「もうっ。聞いてるー？　あたしも欲望に素直なんだよー？」

可愛く頬をふくらませたチキが、足を止めて腕を引っ張った。

彼女の言ってる意味がわからないわけではない。

周りには人気も人目もない。

振り返ると、チキがそっと目を閉じ、顎を上向かせて待っている。

「……行きましょ。案内してくれないと、俺、道わかんないですよ」

でも諸葉は困り声でそう答えた。きっぱりと。

たちまちチキが不満顔で睨《にら》んでくる。

「もしかして、あたしのこと可愛いと思ってないのー？」

「いえ、可愛いと思いますよ」

本音で。

「じゃあ、気後れしてるとかー？」

「違います」

諸葉は首を左右にする。

「女の子の価値を、自分で下げちゃもったいないですよ」

「どゆこと？」

きょとんとなるチキ。

「そーゆーことを、軽い気持ちでするのはどうかと。本当に好きな人ができた時に、早まったって後悔しますよ？　相手の男も可哀想《かわいそう》だ」

「なにそれっ。他人様に口幅ったいこと言う気はないんじゃなかったのっ？」

「俺はもうチキさんのこと、他人様とは思ってなかったんですが」

残念です、と諸葉は呟《つぶや》く。

チキがハっとなって、ばつが悪そうにする。

「今のはゴメン……。デートして仲良くなろって言ったのはあたしだよね。で、でも、モロハくんだって悪いもんっ！　年下のくせにっ。このあたしに説教してっ」

「ダメなことをダメって言うのに、年も立場も関係ないですから」

諸葉は拳骨《げんこつ》で「めっ」と、軽くチキのおでこを小突《こづ》いた。

「きゃんっ」

チキは可愛い悲鳴を上げて、反射的に自分のおでこへ両手を当てる。

腕組み状態から解放された諸葉は「道、こっちで合ってますよね？」と先を行く。

チキが後からキンキン声になって、

「女の子をぶったなっ。一生、恨《うら》んじゃうぞっ」

「いいですよ。さっき言ったこと反省してくださるなら、喜んで」

「ナマイキ！　君がそんな子だって聞いてなかったっ」

「わかり合えて、デートした甲斐《かい》あったじゃないですか。こんな俺ですが仲良くしてください」

「こ、この〜〜〜〜〜っ」

チキの悔しがる声。

諸葉は快活《かいかつ》に笑いながら、路地の外に出る。

（いっつもニコニコしてるから、チョロそうって思ったのに！）

チキは目を吊《つ》り上げて、遠ざかっていく諸葉の背中を睨んでいた。

こんなに可愛い子がキスしてあげるって言ってるのに！

こんなに可愛い子を平気で置き去りにして！

さっさと行ってしまう、飄々《ひょうひょう》とした背中が憎《にく》い。

(日本人てみんなこうなの⁉　映画で見たブシドーってやつ⁉)

おでこが、諸葉に小突かれたところが熱い。

(それともあいつが特別⁉)

押さえても押さえても、ちっとも治らない。

(女の子の価値を下げるなですって？　バッカみたい。そんなの言われたこと一度もないわよ。ほんとバカッ。まじバカッ。あたしとキスした方がぜーったいお得に決まってるのに)

額を押さえたままチキはうずくまる。

唸《うな》る。

「…………これじゃ、あべこべになるじゃない」

消え入りそうな声で呟いて、

「──って、ナイナイ！　あるわけナイ！」

すぐに我に返って叫ぶ。

立ち上がり、もう一度調子に乗ったジャパニーズを睨みつける。

そら見たことか！　道がわからずウロウロしている。

チキはせせら笑うと、

「そっちじゃないっ。駅は右！　次の街へ行くんだから、女の子くらいちゃんとエスコートしてよね、口幅ったいサムライくん！」

諸葉を追って暗い路地を出る。

ニューヨークのどこよりも日差しが強いと信じるこの街の、チキが愛してやまないこの通りで、急に憎らしくなった男の腕に抱きついた。

◎

ジャクソンハイツで地下鉄に乗った後は、マンハッタンへと引き返した。

腕を離してくれないチキに連れ回され、ノリータ、ソーホー、トライベッカとおしゃれな街のおしゃれな店々を冷《ひや》かし、ロウアー・マンハッタンでは遠目ながら自由の女神像も見て、大都会《ニューヨーク》を満喫した。

時が経《た》つのが早く、もう夕方になって、グランド・セントラル駅に戻る。

するとノーマが待っていた。

諸葉は聞かされていなかったが、時間を合わせて約束していたらしい。

ノーマは二人を見るなり、

「よぉ、チキ。なんか妙に顔が赤くねえか？」

「そっっっ⁉　そうかなっ、自分ではわかんないなー☆　まあ今日暑かったしっ？」

「はぁ？　クッソ寒《さみ》ぃだろ今日も」

「そっっっ⁉　そうかなっ、実は風邪《かぜ》ひいちゃったかなー☆」

「じゃあ早《は》よ帰って寝ろよ」

「わかったっっっ、交代ね☆　モロハくんのことよろしくー」

チキは諸葉に一言もなくそう決めて、さっさと改札へ走っていく。

と思ったら引き返してきて、一回思いきりハグしてきて、また改札へ走っていく。

諸葉は唖然《あぜん》となるしかない。

すると、

「アホ口開けてねえで行こうぜ、大将《たいしよう》」

ノーマにいきなり肩をつかまれた。

「行くってどこにですか……？」

「夜のニューヨークにだよ」

「えええええええええっ？」

諸葉は素《す》っ頓狂《とんきよう》な声を上げさせられる。

「よ、夜泣きラーメンとか……？」

「バーカ。子どもじゃねえんだから」

面白《おもしろ》い冗談だとばかりに笑うノーマ。

ちなみにラーメンはもうニューヨークでも一般に認知されていて、通じるようだった。

ノーマは嘆かわしげに肩を竦《すく》め、

「ニューヨークに来てクラブに行かねえなんざ、はっきり言って旅費の無駄だぜ？」

「くらぶ……って、どんなとこなんです……？」

「ビビんなってば！　生演奏聞きながら、踊って騒いでよし、静かに酒飲んでよし、誰気兼《きが》ねなくヤニ吸ってよし、銘々《めいめい》自由にやりなさいってなオトナの社交場だよ」

そう言って高笑いするノーマは、バッチリおしゃれを決めていた。

高級ブランドっぽい黒のコートを着、その下からは上等な質感の黒ズボンが見える。

どっちも男物だけど。

「行くぜ！　オレがマンハッタンのナイトシーンを教えてやっからよっ」

ノーマに肩を抱かれ、強引に連行されていく。

女の人と密着してるのに全《まった》く色っぽい気分にならない。

「せっ……せめて、お手柔らかにお願いしますっっ」

情けない声しか出せなかった。

——二時間後。

「ただいま帰りましたー」

「ただいまーっス……」

白騎士機関《しろきしきかん》・NY《ニューヨーク》本局へ、諸葉は意気揚々と、ノーマは意気消沈して帰ってきた。

「遅かったデス、ノーマ！　モロハをどこへ連れ回したのデスか⁉」

玄関でずっと待っていたらしいソフィアが、腰に手を当てて怒った。

大柄なので迫力がある。

しかしノーマは意にも介さず、時計を見ながらぼやいた。

「……まだ宵《よい》の口だろ」

嘘《うそ》ではなく、二十一時を回っていない。

どうしてこうなったのか？

大張り切りのノーマに、諸葉はチェルシーにあるナイトクラブへ連行されたのだが、店の入口で身分証の提示を求められ、パスポートを見せたところ、年齢の問題で入店拒否された。

「大将！　あんた、いくつだよっ？」

慌てふためいたノーマに問われ、

「十六ですが……」

三か月前に誕生日を迎えたばかりの諸葉は、憮然《ぶぜん》として答えた。

「ウソだろ……あんた、仮にもランクSなんだし、そんな若《わけ》ぇはずは……」

「いや、見たらわかると思うんですが……」

「東洋人は全員若く見えるんだよっ」

「ソフィー先輩と同じ学校なんですからっ」

「てっきり、アカネ学園じゃ年は関係なしに、《救世主《セイヴァー》》と判明した順に放り込まれんのかなって思ってたぜ……」

「結論を先にして、強引に屁理屈《へりくつ》当てはめるのやめましょうよ」

「だって、モロハみてえなツエェ奴がまだ十六とか信じられるわけねえぜ！」

——という口論があって、ノーマは夜遊びを断念してくれた。

バーも含め、ニューヨークではアルコールを主に扱う店は未成年の入店自体を拒否し、なあなあでお目こぼししたりはありえないらしい。

ありとあらゆる快楽が集まる世界最大の楽園だが、その用法には厳格なのだ。

「ノーマはおバカさんデース」

事情を話すと、ソフィアがお腹を抱えてケタケタ笑った。

「なんか疲れた……ヤニ吸って寝るわ……」

ノーマは肩を落としたまま、フラフラと自分の寝室へ戻っていく。

「モロハもお疲れ様デース」

「いやでも、楽しかったですよ？　感謝してます。特にチキさんには」

「それを聞いたらきっと喜ぶデース。でも、調子に乗るので内緒デス」

「ははっ、わかりました」

二人で一頻《ひとしき》り笑った後、ソフィアが先に風呂へ入れと言ってくれる。

ありがたくそうさせてもらう。

風呂から上がって、何か飲み物をもらって寝室に戻ろうと、諸葉はキッチンへ向かった。

すると、ピアノの音がいずこからか聞こえてきた。

どこかで聞いたことがあるような、ないような曲。

哀愁《あいしゅう》に満ち、しかし隠しきれない艶《つや》のある旋律。

諸葉は好奇心に駆られて、音の来る方へ辿《たど》っていく。

廊下の奥、広い豪邸《ごうてい》の、まだ案内されておらず、諸葉も踏み入っていない方へ。

扉が半分開き、明かりが漏れ出る、その部屋へと。

諸葉は顔を出して、中を覗《のぞ》く。

いつも使わせてもらっているのとは別の、リビングだった。

こちらにはグランドピアノが置かれている。

奏者は、ミラだ。

いつものビジネスウーマンスタイルではなく、青いドレス姿。

肩口と胸元が大胆に開かれ、チキより華奢な鎖骨《さこつ》や、真っ白なうなじが強調されている。

ちょうど曲が展開し、激しくなっていくところだった。

細やかな手と指が、似つかわしくないほど情熱的に踊り、鍵盤《けんばん》を叩《たた》く。

クラシックのことはよくわからないが、いい演奏だと諸葉は思った。

ミラにこんな特技があったとは。

出入り口の縦枠にもたれかかり、思わず聞き入る。

しかし短い曲だったようで、間もなく演奏は終わってしまう。

諸葉はまだ余韻《よいん》に浸りながら身を起こした。

「拙《つたな》い演奏で恥ずかしいわ」

ミラが腰かけたまま、顔だけこちらに向けた。

諸葉はとんでもないと手を振り、

「なんて曲ですか？」

「モーツァルトの幻想曲《げんそうきょく》」

ミラが同じ曲をもう一度最初から演奏してくれる。

「よかったらこっちに来ない？」

「いいんですか？」

「ええ。隣に座って。その方がよく聞こえるから」

「そうなんですか。知りませんでした」

促《うなが》されるまま、諸葉は隣に腰を下ろした。

横に長いピアノ椅子だったので、楽々スペースがある。

ここが一番よく聞こえる場所かはともかく、傍《そば》まで来るとミラの手の動きがよく見えた。

序盤の静かな曲想に合わせ、綺麗な指がたおやかに、丁寧に鍵盤を押す。

なかなか色っぽいものだなと、諸葉は初めて知る。

その手が――いきなり演奏をやめて、諸葉の頬を撫《な》で上げた。

不意打ちだ。

「いっ？？？」

「女は男の視線に敏感なのよ」

びっくりする諸葉に、さも理屈が通っているかのように説明するミラ。

その間も彼女の繊手《せんしゅ》は諸葉の顎《あご》をさわさわと撫で続ける。

色っぽく鍵盤を爪弾《つまび》いていた指で、諸葉の頬をくすぐる。

かと思えば、触れるか触れないかのタッチで唇《くちびる》をなぞってくる。

思わず腰が浮いてしまうような、妖《あや》しい感触に襲われる。

「ミラ……さん？」

これはいったいなんなのか。

なんの真似《まね》なのか。

わからなくて当惑しきる諸葉。

ミラは応えず、ただ嫣然《えんぜん》と笑った。

それでようやく、普段はつけない口紅《くちべに》が、彼女の唇を扇情的に彩っていることに気づく。

真面目《まじめ》で、ほとんど笑うことがなく、良心的で慎《つつ》ましやかな長女役のミラの豹変《ひょうへん》に、諸葉はますます困惑させられる。

「チキとノーマとのお出かけは、喜んでもらえた？」

「え、ええ。それはもう」

「よかったわ。でも、あの子たちは手ぬるいから」

ミラが赤い唇を、諸葉のそれへ寄せてくる。

彼女の甘い吐息に、鼻先を弄《もてあそ》ばれる。

「わあああああああああああああっ」

諸葉は反射的にのけぞり、勢いがありすぎて椅子から転げ落ちた。

背中から床に叩きつけられる。

一方、ミラは狙い通りだとばかりにすかさず、仰向《あおむ》けになった諸葉へ馬乗りになる。

ゾっとした。彼女の柔らかな尻の感触が下腹部いっぱいに押し付けられ、同時に、身動き取れなくなったことを悟《さと》ったのだ。

官能的《かんのう》なまでの拘束《こうそく》。

世にも美しい蛇に捕えられたような錯覚《さっかく》。

「な、なに考えてるんですかっ」

「私はあなたに、アメリカ支部へ入って欲しいの」

ミラは一切《いっさい》包み隠さなかった。

誠実ではないかもしれないけれど、その瞳は真摯《しんし》そのものだった。

そこに映る情欲の色さえも真摯だった。

「それがどうしてこんなことにっ？」

「少しでも一緒にすごせば、あなたが責任感の強い人だってわかるわ。今夜、私と一線を超えたら、きっとあなたは責任をとってくれるでしょう？」

「お……恐ろしいことをさらっと言いますね……っ」

諸葉は逃れようと暴れた。

けれどミラは決して逃がしてくれなかった。

彼女は触れれば折れそうな淑女《しゅくじょ》に見えて、アメリカ屈指《くっし》の白鉄《しろがね》だ。戦士なのだ。

嫣然と余裕の笑みを浮かべたままこちらを見下ろし、尻と体重だけで完璧に押さえ込んでくる。むしろ暴れるたびに、密着した彼女の尻肉が諸葉の腹の上で潰れ、余計に押し当てられ、その感触をたっぷり味わわされてしまう。

また振動で、彼女のドレスの右肩ひもがずり下がっていく。息を呑《の》むほど艶《なま》めかしい鎖骨がよりはっきりと見えるようになり、乳房《ちぶさ》が上から段々と露《あら》わになっていく。

これ以上、暴れるわけにはいかない……！

諸葉が絶望とともに大人《おとな》しくなると、それを降参のサインと受け取ったか、

「私、絶対に良き妻《つま》になるから……」

ミラが馬乗りの状態から、上半身を倒してきた。

半分はだけかけた彼女の胸元に、諸葉は頭を抱えられる。

普段、スレンダーな体型に見えたミラだったが、顔面にこれでもかと押し付けられた二つのふくらみは意外なほどに豊満だった。

そして、まさしく蕩《とろ》けるように柔らかい。

一切の抵抗なく顔が埋まっていくのだ。これは着痩せもするはずである。

甘美なる女の軟肉《やわにく》に、包まれていく快感に諸葉は悩まされる。

意識をしっかりとさせていないと、頭がクラクラする。

「自分をもっと大事にしてくださいっ」

諸葉は乳房に蕩《とろ》かされながら必死で叫んだ。

「ええ、ありがとう。でも私、こう見えて我が身は大事なつもりよ」

ミラが諸葉の頭の天辺《てっぺん》に口づけしてくる。

意外と敏感なその部分を、弾力のある唇に愛撫《あいぶ》されて、背筋がゾクリとする。

「女の価値を下げるようなことは、しないでくださいって言ってるんですっ」

「ええ、ありがとう。モロハさんの言うこと、よくわかるわ」

「だったらこんなことは、本当に好きな人が現れた時に――」

「ええ、ありがとう。あなたになら私、全てを捧《ささ》げても後悔はないの」

しまった説得の糸口がない！

諸葉は真《ま》っ青《さお》になった。

もしかしたら、こんな窮地《きゅうち》は未《いま》だ体験したことがないかもしれない。

チキとノーマを手ぬるい呼ばわりしていたが、まさしくミラは畏《おそ》ろしい女《ひと》だった。

どうやって脱出すべきか？

考えても答えは出ず、焦りがさらに思考を空転させる悪循環《あくじゅんかん》。

絶望に身を任せかけたその時――しかし、天は諸葉を見捨てなかった。

ポケットの携帯電話が、着信を報《しら》せてけたたましく鳴る。

この騒々《そうぞう》しい曲は、サツキからの電話だ。

「すみませんっ。妹からですっ。出ないといろいろマズイですっ」

「本当にご家族からかしら？」

「天地神明《てんちしんめい》に誓《ちか》って！」

ただし前世《ぜんせ》での妹だが。

「もうっ……」

ミラがやれやれと身を起こし、上から降りてくれた。

気が変わらないうちに、諸葉はすかさず立ち上がる。

「露骨《ろこつ》に『助かった』って顔をするのね？」

床にへたり込み、両手をつくミラ。

「私は勇気を振り絞ったのに……ひどい人ね」

唇を尖《とが》らせ、上目遣いで睨んでくる。

大人びた彼女が初めて見せる、子どもっぽい仕種。

それが悩殺《のうさつ》的なドレスや官能的な誘惑《ゆうわく》よりも遥《はる》かに、極悪《ごくあく》なまでにキュートだった。

諸葉が思わず喉《のど》を鳴らしてしまうほど。

「で、電話があるんで、これでっ。おやすみなさいっ」

ともかくここは逃げの一手。

寝室に駆け込み、鍵まで閉め、ベッドに跳び込んで電話口に出る。

「もしもし？」

三日ぶりに使う日本語で話しかける。

『もしもし、兄様《にいさま》？　ごめんね、漆原《うるしばら》に言われたんだけど、そっちは夜遅いんでしょ？』

諸葉は置時計を確認し、

「言ってもまだ十時だからな。寝る前だったたし、気にすんなよ」

『よかったー！　……でも諸葉、今どこいるワケ？』

「貸してもらってる部屋のベッドの上だけど」

『へえ。ベッドの上ねぇ。……なんか、息荒くない？』

「おっっっっっ⁉　オイオイオイオイオイ、妙な勘繰《かんぐ》りはやめてくれよー」

諸葉は慌てて――《内活通《ないかつつう》》まで使って必死に――呼吸を整える。

サツキが疑《うたが》っているだろうことは外れているが、まさかきれいなお姉さんに悩殺されかけて、全力で逃げ出してきたところだと、本当のことも白状できない。

『……ま。いいケド』

サツキが食い下がってこなくて、諸葉はこっそり胸を撫で下ろす。

しかし、安心するにはまだ早くて、

『問い詰めたいのはそこじゃないしね！』

不安なことを言い始めるサツキ。

「ここっ、恐いこと言うなよ……」

『皆もいるからスピーカーモードにするね』

サツキが言うが早いか、

『もしもし、諸葉？　そちらは寒いでしょう？　風邪《かぜ》なんか引いてないわよね？』

横から割って入るように、静乃《しずの》の声。

『こちらは現在、十二時十一分。私たちは昼の休憩中だ』

続いて、レーシャの声。

どうやら三人でお昼を食べているところらしい。

『ナニあんたたち和《なご》んでるワケ!?　そうじゃないでしょ、電話かけた理由は！』

そんな静乃とレーシャを、サツキがもどかしそうに非難し、

『ソフィー先輩から密告があったわよ、兄様！　アメリカの綺麗どころに猛烈アタックかけられて、鼻の下伸ばしてるってどういうことよ!?』

「……ソンナコトナイヨ？」

『声が裏返ってるわよ！』

日本から太平洋を越えて届きようなサツキの大声に、諸葉は首を竦めて目を閉じる。

『それでコロっと参ってアメリカ支部に移籍だなんてっ、妹として承知《しょうち》しないんだからっ！』

「ナイナイ。そんなわけナイだろ？　俺はちゃんと戻るよ。日本大好きっ」

『ホントにぃ～～～？』

疑《うたぐ》り深くジト目でこちらを睨むサツキの顔が、脳裏に浮かぶような声だった。

目の前にいるわけでもない相手に諸葉がたじたじになっていると、

『安心して？　私は信じるわ』

『コラ漆原ァ！　裏切ったあげくちゃっかり点数稼《かせ》ごうとするんじゃないわよっっ』

『あなたがアメリカ支部に入るならば、私もついていくだけだから諸葉は気にしないで欲しい』

『レーシャまで⁉　ぐぎぎ、あんたの分際《ぶんざい》であたしより点数稼ごうだなんて百年早いのよぅ』

サツキが静乃とレーシャに噛《か》みつき、

『点数稼ぎとはなんのことだろうか？　私は自分の気持ちを正直に伝えただけだが？』

『聞き流せばいいわ、エレーナさん。対人コミュニケートテスト万年赤点の、可哀想《かわいそう》なサツキのひがみだから』

『そうか。よくわからないが可哀想にな、嵐城《らんじょう》サツキ』

レーシャと静乃に左右から手厳しくやり返され、

『どぅぁれが万年赤点よ⁉　あんたこそケンカ販売員一級資格取得者のくせにぃいいっ』

涙目になってるのが思い浮かぶような声で、サツキが怒鳴《どな》り返す。

後はもう毎度毎度の、聞くに堪《た》えない口論が三人の間で巻き起こる。

諸葉は通話を切ろうかと思った。

でもボタンの前で指が止まる。

こんな口論でもいいから、今夜はサツキと静乃とレーシャの声を聞いていたいと思い直した。

(ソフィー先輩には感謝しなくちゃな)

ミラたちが諸葉のスカウトを画策しているのを知って、心配して手を打ってくれたのだろう。

そりゃ先輩の立場からすれば、ミラたちを正面から止めるのは難しいはずで。

だから、サツキたちを頼ったわけだ。

サツキは「密告」だなんて不穏当な表現をしていたが、とんでもない。

その優しさと配慮が諸葉にはうれしい。

加えて、思わぬところでサツキたちの声を聞くことができた。

「そのくらいにしとけよ。どうせなら楽しくおしゃべりしようぜ。時間がもったいないだろ」

頃合いを見て諸葉が仲裁し、三人の少女たちも一斉《いっせい》に黙り込む。

サツキがばつ悪そうに咳払《せきばら》いし、一転、寂《さび》しげな声で訊《き》いてきた。

『まだ帰ってこられないのよね？』

「魔神《まじん》級が探知できるか、あっちから襲撃かけてくれないことにはな……」

『ううぅ……』

『わがままを言うものではないわ、サツキ？』

『わ、わかってるわよぉ。わかってるケドォ』

あれだけ騒がしかったかと思うと、急にしんみりしてしまう。

『三月の十四日までには、絶対帰ってこられるよね？』

サツキが甘え声で、重ねて訊いてきた。

言わずと知れたホワイトデイだ。

帰る時期ばかりは諸葉も約束できないので、言葉を濁《にご》すしかない。

でも――

「たとえホワイトデイには間に合わなくても、お返しはちゃんとするから。期待しててくれよ」

こちらに関しては、胸を張って請《う》け負った。

『ちゃんと三倍返し……？』

「ああ。もちろんだぞ、サツキ」

『期日に間に合わなかったら利子がつくものではないかしら？』

「ぐ……っ。がめついな、静乃」

諸葉は張っていた胸をビクビクと丸めた。

「ま、まかりませんか、静乃サン？」

『一日一割。それ以上はびた一文《いちもん》まけられないわ』

「トイチよりひでえっ」

『だったら早く帰ってきてね？』

「……おまえもサツキのこと、わがまま呼ばわりできないじゃんか」

『あら？　私は聞き分けのいい女よ？　ただ、私だって一秒でも早くあなたに会いたいって気持ちはあるの。それが伝わってなかったら業腹《ごうはら》だわ、と思っただけ』

「……わかってるよ。ちゃんと」

諸葉は微笑《ほほえ》む。静乃が今どんな顔をしているだろうかと想像して、いつも通りの無表情に決まってると自答して、それが少しおかしくて。

「いつ帰れるかはともかくさ……日本に戻ったら皆で遊びに行こうぜ？」

『それってホワイトデイの一環《いっかん》、兄様っ⁉』

『だったらただのお出かけでは足りないわね』

「お、おう……」

『だよねっ、あたしのスーパージャイアントチョコケーキの三倍返しのお出かけだからねっ』

『あら？　あんなの大きなだけの粗大《そだい》ゴミだったじゃない』

『漆原の奴だってただのポッキーだったじゃん！』

『ただのではないわ。この私の唇風味だもの。諸葉はとっても喜んでくれたわよね？』

『漆原だってあたしのケーキをお裾分けしてあげたら、美味しいって喜んでたじゃない！』

『記憶にないわね』

『その記憶が出てくるまで、おみくじみたいにドタマ揺さぶって欲しいワケ⁉』

「だからケンカはやめようぜっ」

今度は火種が燃え上がらないうちに仲裁に入り、サツキと静乃が「はーい」と返事をした。

「とにかくどっか行くんで決定なっ。俺もそれを励《はげ》みにがんばるし」

『うん、わかった！』

サツキがようやくいつもの、屈託ない元気満点の声を出してくれた。

『そうね。私たちもその言葉を励みに、諸葉のいない灰色の学校生活に耐えるしかないわね』

「大げさだな、静乃……」

でも静乃の場合、冗談ではない可能性もあるが恐い。

渋い顔になっていると――


『もう……もうっ、それ以上はやめてくれ……っ』


レーシャがいきなり悲痛な声で叫んだ。

しばらく声がしなかったと思えば、いきなりこれだ。

諸葉は唖然《あぜん》とさせられる。

『ど、どしたの、レーシャ？』

『それはこちらの台詞だっ。あなたたちこそどうしてしまったのだ？　自分たちが今、どれだけ危険な会話をしているのか、自覚はあるのだろうか？　ないというのなら、迂闊《うかつ》にもほどがあると私は苦言を呈《てい》さざるを得ないっ』

諸葉は黙り込む。

サッキと静乃も黙り込む。

傍にいたら、お互い顔を見合わせていることだろう。

『いったい何が危険だというのかしら、エレーナさん？』

『知らないのならば教えよう、静乃。今、皆がしている会話は――』

『あたしたちがしてる会話は？』

『死亡フラグというのだっっっ』

悲劇のヒロインもかくやに、レーシャが嘆《なげ》き悲しんだ。

諸葉は黙り込む。

サツキと静乃も黙り込む。

『そんな会話を続けていると、諸葉が戦闘で命を落としてしまうことになってしまうぞっ』

「……どこでそんなお得情報を知ったのかなー？」

『無論、「5ｃｈ《ごっちゃんねる》」に決まっているっ。ああ、恐ろしい、恐ろしいっ』

震え声で「恐ろしい」と連呼するレーシャを、サツキと静乃がどうにか宥《なだ》めようとする。

しかしレーシャはあのろくでもない巨大掲示板を盲信《もうしん》しているので、大変な苦労をする。

諸葉も加わるが、なかなかレーシャは収まらない。

結局、収拾がつかないままチャイムが鳴り、昼休憩が終わってお開きとなった。

『と、とにかく早く帰ってきてね』
サッキがそう言い、釈然《しやくぜん》としない様子で通話を切る。
諸葉も「なんだかなあ……」と独白する。
だけど——
それでもいいから、もっと話していたかったなと思う。
昼休憩という時間制限が恨めしい。
諸葉はケイタイを脇に置き、ベッドで仰向《あおむ》けに転がり、目を閉じる。
羊を数える代わりに、サツキたちの声を反芻《はんすう》しながら眠りにつく。
ミラたちも魅力的な女性であることは間違いないけれど。
やっぱり諸葉にとっては……。
(夢でも会えたりしないかなあ)
早く帰れる日が来ることを願いつつ、静かにまどろみへ落ちていった。

SECTION 6

第六章　白鉄の天敵

ニューヨーク四日目。

ミラたちは朝からてんやわんやの様子だった。

なんでもネバダ州にある《救世主《セイヴァー》》育成校から、最上級生が研修に来るそうで、その相手を務めなければいけないらしい。

昨日、ミラが忙しくしていたのはその前準備だったのだという。

一緒に食卓を囲むソフィア、ノーマ、チキたちが大急ぎで朝飯をかき込む。

諸葉《もろは》は一人、申し訳ない気持ちでのんびり食べる。

「ノーマさんとチキさんは、研修教官役ですか?」

返事をする時間も惜《お》しいとばかりに、二人が物を食べながらうなずく。

「ソフィー先輩は研修生の方ですか?」

「そうデス。予定より早く帰国しましたが、本当は今日に合わせる予定だったデス」

口の中いっぱいに物を詰めながら、ソフィアが答える。

そう言えばそんな話だった。

「日本とアメリカでは高校のカリキュラムが違うので、本来のワタシの同期とは違う子たちに交ざっての研修なのデース。皆とは初対面だし、うまく溶け込めるようファイトなのデス」

だから、いつもよりいっぱい食べなきゃという理屈か。

「先輩なら大丈夫ですよ」

諸葉は自信たっぷりに保証した。

なにしろ筋金入りのぼっちのサツキと、すぐに仲良くなれた気さくさの持ち主なのだ。

「悠長にダベってっと遅刻すっぞ、ソフィー」

「周りの心象最悪になっちゃうよねー☆」

「NOOO！」

ソフィアが悲鳴を上げ、再び食事に集中する。ほどほどで切り上げる選択肢はないらしい。

「朝からバタバタして申し訳ないわ、モロハさん」

世話焼きの長女のように、皆に食事をさせていたミラが声をかけてくる。

諸葉は昨夜のアレがまだ脳裏にこびりついているが、彼女はまるで何事もなかったかのようにケロっとしている。キッチンから食事を運ぶ姿は、清楚《せいそ》で家庭的なお姉さんそのもの。

おかげでソフィアたちも、諸葉とミラの間にあった事件のことなど全《まった》く気づいた様子もない。

こういうところが恐《こわ》い女《ひと》なんだよな……と、諸葉はミラが副支部長を務めている理由の一端を垣間見た気がする。

「申し訳ないついでに、不躾《ぶしつけ》なお願いもあるのだけれど」

「なんでしょう?」

「研修生たちがこの中を使うのだけれど、見つからないようにして欲しいの」

「日本の《最も古き英霊《エンシエントドラゴン》》が来てるなんざ、ガキどもには教えてねえし、教えられねえかんな」

「え、どうしてです?」

「自覚ないみたいだけどー、モロハくんってぶっちゃけもうこの業界じゃー、英雄だよー?

いるって知ったら、生徒たちがみーんな一目会いたいって大騒ぎになっちゃうよー☆」

「いや、英雄だなんて大げさな……」

諸葉は渋面《じゆうめん》になって否定するが、

「タハーッ。さすがでっけえお人は謙虚《けんきよ》だぜ」

「それとも日本人て皆こうなのー?」

「モロハが特別強情なだけデース」

ノーマ、チキ、ソフィアはまともに聞いてくれなかった。

「そういうことなの。お願いできるかしら?」

「……俺《おれ》のせいで研修どころじゃなくなるのは不本意なので」

諸葉がミラの頼みを聞くしかなかった。

納得しがたかったけれど!

本局を使っての研修は初日だけで、諸葉は夕方までコソコソしておけばいいそうだ。

そのための隠れ場をミラはちゃんと用意してくれていて、

「遠慮は一切《いっさい》要らないからここを使ってね」

と、諸葉が連れてこられたのは――まさかのアーリン工房だった。

「……入るなって書いてあるんですけど」

倉庫じみた巨大な両開き戸へ、封をするように貼られたデッカイ紙。

アーリンの署名とともに「絶賛研究中につき、立ち入り禁止」の注意書き。

「大丈夫よ、勝手口の方には貼ってないでしょう?」

「いやそれ屁理屈《へりくつ》ですよね」

「というのは冗談だけど、本当に安心して。あの子は私に逆らえないから」

「どっちが支部長なんですかっ?」

「もちろん、あの子よ。アーリンあっての《異端者《メタフィジカル》》退治、アーリンあってのアメリカ支部だってちゃんと私もわきまえているわ。ただ、面倒なお金の管理は私が一手に引き受けていて、あの子は私から毎月お小遣いをもらわないと、道楽《どうらく》にうつつを抜かせなくなるだけで」

「み、ミラさんってマジ強いっスね……」

「皆には内緒よ？　立場上、示しがつかなくなってしまうから」

すまし顔で平然と言ってのけるミラ。

エドワードみたいになるのも困りものだが、全《まった》く敬《うやま》われない支部長というのもそれはそれで悲劇かもしれないと、諸葉はアーリンに同情した。

「今日半日不自由させるけれど、これでも見ていてくれるかしら？　中で視聴できるようにしておいたから」

諸葉の怯《おび》えの眼差《まなざ》しをスルーして、ミラがブルーレイのディスクを差し出す。

無地の表面に素《そ》っ気《け》なく、「2―17インディアナ」とだけ書いてある。

その情報からピンと来た。

「例の魔神《まじん》級の、戦闘記録ですか？」

「ええ。ちょっと事情があって遅くなったけれど。私も隣で事務仕事をしているから、何か困ったことがあったら遠慮なく言ってちょうだいね？」

そう言いつつミラは勝手口を開けて、入っていく。

諸葉も肚《はら》を決めて、ディスク片手にお邪魔する。

相変わらずガラクタが散乱しまくりの、だだっ広い空間。

奥に鎮座する大釜《おおがま》。

初日同様、台に乗ったアーリンが中を棒でかき混ぜていた。

「おはようございます」

「今はこんばんはデショ、ナントカ君」

アーリンが作業の手を止めず返事をくれる。

「正しい英語がわかんないの？」という口ぶりだったが、「正しい時間がわかんないの？」と諸葉はツッコみたい。しかし、彼女のボサボサの髪と言い、濃厚な目の下のクマと言い、今の発言と言い、いったいいつから没頭しているのか窺《うかが》えるというものだった。

ミラがやれやれといった様子で、

「もう朝よ？　今は作業に没頭したい気持ちはわかるけれど、体にも気をつけてちょうだい」

「平気、平気。発明のためなラ、二日貫徹《かんてつ》くらいジャ私は壊れな～イ」

「二日貫徹!?」

諸葉は声を上ずらせた。

窺えるとか言ってゴメン、想像を絶してたわ。

慄然《りつぜん》とする諸葉をよそにアーリンは、ぶつぶつ独り言を呟《つぶや》きながら大釜をかき混ぜる。

「な～んか思った色とトロミが出てこないんだよネ～。もしかしテ、蛇《へび》の皮足りなすギ……？」

その様は研究とか発明というよりは、まさしくおとぎ話の魔女めいていた。

先日はあの大釜から取り出した粘土《ねんど》（？）をコネて叩《たた》いて、モダンな金属プレートの形をした認識票《IDタグ》を創り出していたが、工程と出来上がった物のイメージギャップがひどい。

ソフィアの言った通りだ。アーリンの発明品はどんなに外見が近未来的でも、本質は魔法の道具《アーティファクト》と呼ぶべきものなのだろう。

「あとはエメラルドとサファイアの粉末が大量に要るカナ……？　まーたミラに怒られルー」

「すぐ用立ててしてあげるわ。今回はね」

なるほど、金のかかる道楽のはずである……。

「ちなみに今は何を創ってるんですか……？」

「こないダ言ったじゃーン。君のための画期的な発明品だってバ！　期待して待ってなヨ？」

正直、不安しかない。諸葉は大釜の中身を覗《のぞ》き見たい衝動に駆《か》られるが、「飲食店の裏側を見ては絶対にいけない」と脳漿《のうしょう》の中の父親が押しとどめてくれる。

「アーーー、全然うまく行かなイーーー！」

と、頭をかきむしるアーリンからそっと目を逸《そ》らし、作業の邪魔をしないように背を向けた。

工房のまた別の隅《すみ》に、この間はなかったソファやテーブル、テレビ等オーディオ設備、さらには冷蔵庫なんかも運び込まれていたのだ。

さすがミラ、周到なことである。

諸葉は再生機に借りたディスクを入れて、ソファに腰掛ける。

やや離れたところに事務机も用意されていて、ミラはそこでノートパソコンを広げる。

「なニなニ？　私にも見せテー」

起動時間を待っていると、アーリンが興味津々《きょうみしんしん》という風にやってきた。

一緒に見るのは別に構わないのだが、

「発明はいいんですか？」

「今ちょっとスランプ。ナントカ君からインスピレーションを追加ゲットしたいとこロ」

アーリンはわかるようなわからないような理屈を唱えながら、ソファにゴロンとお行儀悪く寝そべった。諸葉の膝《ひざ》を勝手に枕《まくら》として使いながら。

「アー、楽ちーン」

本人ご満悦である。

(なるほど、慣れるとずうずうしくなるわけね)

ソフィアの言葉を再び思い出して苦笑する。

「いいワ～。この枕で寝てたラ、インスピレーションがドゥバドゥバ溢《あふ》れてきそうだワ～」

「……ほんとですか？」

別に膝枕くらいかまわないので、妙な言い訳せず素直にお願いして欲しい。

「嘘《うそ》じゃないのよ、モロハさん。アーリンの発明品は、誰か専用に創った時だけ最高性能を引き出せるの。でもその専用装備を創るためには、その人とスキンシップを重ねないとインスピレーションが湧《わ》き出さないみたいなのよ」

しかし横からミラにとりなされ、それならと諸葉も納得する。

「なんで本人の言葉じゃなくて、ミラを信用するかナ～」

「胸に手を当てて聞いてみてください」

「ちェ、ちェ、ちェ～」

アーリンは子どもみたいな舌打ちしながら、右手で諸葉の脛《すね》をまさぐり続ける。

「いいワ～。ドゥバドゥバだワ～」とか妄言《もうげん》めいた台詞を吐く。

神崎斎子《かんざきときこ》という、よりエッグいセクハラをしかけてくる存在のおかげで慣れてしまい、諸葉は悲しいほど動じなかったが。

「発明が小休止なら、研修の方に顔を出した方がいいんじゃないですか？　支部長なんだし」

「やだヨ。いっぱい人いるんでしョ？　怖いもン」

さすがの引きこもり発言である。

「でもそんなんじゃ、いつまで経《た》っても新人と馴染《なじ》めないんじゃないですか？」

「私のこト、壊れ物みたいに大事に大事に扱うよウ、ノーマたちがちゃんと仕込んでくれるはずだからラ。その研修が終わったら会うカナ」

「気が長い話ですね……」

「最悪、スカイプだったら私、平気だから」

この人ダメすぎる。

諸葉は呆《あき》れるが、その間にもディスクの再生が始まって、動画が映し出される。

「オ、これカ」

膝に頬《ほお》ずりしながら呟くアーリン。

「もう見たんじゃないんですか？　だったら別に見なくても」

「いいヨいいヨ、私が解説してあげるヨ。大事なことだからネ」

アーリンの言葉に一理を感じ、諸葉はもう押し黙った。

気持ちを切り替え、真剣な目つきになると、テレビモニタに集中した。


最初、何を映しているのかわからなかった。

接写状態なのか焦点が近すぎて、画面がぼやけてしまっている。

カメラが激しく揺れていることだけが、かろうじてわかる。

劇場用映画ではない、戦場で誰かが撮影したものなので、この辺りの不親切さは仕方ない。

映像が意味不明な一方、音声は鮮明だった。

ヘリコプターのローターらしき爆音がずっと鳴っている。

それに混じって人の怒号。

『焦るな！』『ゆっくりでいい！』『近づきすぎたら一巻の終わりだぞ！』

そして——

『カメラ出せ！』

の声。

それで映像が目まぐるしく動き、一点で止まる。

肥沃《ひよく》な大地とうねる丘陵《きゅうりょう》が入り混じる、大平原の俯瞰《ふかん》映像。

恐らくヘリコプターの中で待機していたカメラマンが、命令を受けて初めて、カメラを外に向けたのだろう。

地上では既《すで》に交戦が始まっていた。

その中心にいるのが、魔神級《アークフィーンド》《異端者》だ。

例えるならば、人狼《ワーウルフ》。

しかも、全身から黒い霧のようなものを噴《ふ》いている。

両手両足を使って大地を高速で駆《か》け、獲物に肉薄すると、俊敏《しゅんびん》に立ち上がって襲いかかる。

鋭い爪のついた両手をメチャクチャに振り回して暴れる。

瞳《ひとみ》は憤怒《ふんぬ》で真《ま》っ赤《か》に染まり、口からはとめどなく涎《よだれ》を垂れ流す病的興奮ぶり。

バーサーカーとでも呼ぶべきその猛攻と粗暴《そぼう》さに、襲われているアメリカ支部の白鉄《しろがね》もパニックになって身を守り、また逃げ回る。しかし人狼《ワーウルフ》の俊敏さと、両手による攻撃の激しさに押され、その白鉄はとうとう一撃もらってしまう。

人狼《ワーウルフ》の爪は鋭いが、長くはないようで、彼の胸に刻まれた傷は浅かった。

ただ膂力《りよりよく》は凄《すさ》まじいようで、彼の体は木端《こっぱ》のように吹っ飛んだ。

地面を何度も跳ねて、ようやく止まるが、衝撃ですぐには動けない。

魔神は生肉を見つけた餓狼《がろう》のように、その彼へ追撃をしかけようとする。

そこへ、横《よこ》っ面《つら》を殴りつけるノーマの一撃！

あわやというところで仲間を助ける。

ただし、パンチが与えたダメージはゼロだった。

より正確には、魔神級の特性で傷をすぐに再生されてしまった。

人狼《ワーウルフ》の真っ赤な瞳がギロリと、ノーマに向けられる。

魔神の標的が変わる。

ノーマは必死の形相《ぎょうそう》になって手甲《てこう》でガードを固め、暴風の如《ごと》き左右の爪の連打を凌《しの》ぐ。

様子がおかしい。

諸葉と手合わせした時のノーマは、もっと動きがよかったはずだ。

いくらこの魔神が強くても、ここまで防戦一方に追い込まれるとは……。

疑問に思いつつも、映像の先を見るのを優先する。

人狼《ワーウルフ》がノーマ一人を集中攻撃している隙に、背後から躍りかかったのはチキだ。

四本の刃が一閃《いっせん》、二閃、三閃、四閃——高速で叩き込まれ、人狼《ワーウルフ》がやや怯《ひる》み、亀のようになっていたノーマが一息つける。

さらに、他の白鉄たちが横槍《よこやり》入れて、ノーマとチキを援護する。

ところが、人狼《ワーウルフ》は猛《たけ》り狂ったように吠《ほ》えると、長い両腕を広げ、体ごと回転して叩きつけ、その場の全員を薙《な》ぎ払う。

その戦いぶりは、まさしく暴力の化身《けしん》。

取り囲む、二十人強の白鉄たちの方が明らかに劣勢《れっせい》だ。

「もっと近くで見たいな」

諸葉は前屈《まえかが》みになって独白する。

アーリンに顎をまさぐられることも気づかないほど、映像に集中する。

ヘリの安全を守る配慮であろうが、撮影位置が遠すぎて、戦いの機微《きび》が子細まで見えない。

従来の《異端者《メタフィジカル》》はサイズが大きかったため、ヘリ等による安全圏からの遠距離撮影でもどうにでもなったが、魔神級だと勝手が変わるのだと気づかされた。

「つくづく厄介《やっかい》な奴《やつ》らだな……」

諸葉は嘆息する。

しかし、業《ごう》を煮《に》やしたのはカメラマンも一緒のようで、『もっと近づけ！』と連呼する。

ヘリが恐る恐る前進を始めたのか、映像の中の人狼《ワーウルフ》がゆっくりと大きくなっていく。

これなら子細もばっちり把握《はあく》できる。

人狼《ワーウルフ》が涎を撒《ま》き散らしながら咆哮《ほうこう》した。

カメラマイクを通して、金切《かなき》り声が工房内に轟《とどろ》く。

――返せえええええええええええええっ。


同時に、精神感応《テレパシー》めいた強い感情が諸葉の脳裏を揺さぶる。

通力《プラーナ》や魔力《マーナ》は《救世主《セイヴァー》》ならぬ常人には見えない。

同様に呪力《サターナ》の塊である《異端者《メタフィジカル》》たちも、常人からは黒い靄《もや》の集合体《バケモノ》にしか見えない。

これは写真や映像を介しても同じことである。カメラ等の文明の利器は呪力《サターナ》の象《かたち》を克明《こくめい》に、完璧に記録する。完璧がゆえに、常人がそれを見ればバケモノの形をした黒い靄にしか見えず、《救世主《セイヴァー》》が見れば《異端者《メタフィジカル》》の姿がちゃんと見える。

そしてこの現象は、魔神級の金切り声を録音しても、同じことが起きるのだと諸葉は知った。


――返せえええええ、返せよおおおおおおおおおおおっ。


人狼《ワーウルフ》が咆哮し続ける。

諸葉の肌が粟立《あわ》つほどの、凄まじい怨念《おんねん》が伝わってくる。

映像の中、すぐ傍《そば》で聞かされている白鉄たちはもう顔面蒼白《そうはく》で戦っていた。

カメラが寄ったことで、彼らの戦いぶりや様子も子細に見ることができるのだ。

諸葉の見立てでは、ノーマとチキを除けば全員ランクCくらいの腕前だろうか。

通力《プラーナ》の色を見るともっと強くてもよさそうだが、《剛力通》《ごうりきつう》も《神足通》《じんそくつう》も迫力がない。

てっきりB以上の精鋭で固めていると思っていたが、これもアメリカの台所事情か？

ただ、戦闘に手馴《てな》れてはいる。

誰もが個人武勇を誇《ほこ》らず、無駄に突出しない。

人狼《ワーウルフ》に狙われたらガードと逃亡に徹《てつ》する。

その間に味方がフォローしてくれるはずだと信じているし、実際必ず助けに入る。

人間サイズの魔神級相手に二十人で包囲しても、下手をすれば同士討ちが頻発《ひんぱつ》しかねないが、決して起こらない。邪魔をするほど近すぎず、援護できないほど遠すぎない、互いの距離感が素晴《すば》らしい。

アメリカ支部は本当に組織連携の練度が高い。唸《うな》らされる。

しかし――しかし、それでも魔神級の方が優勢だった。

白鉄たちが専守防衛しても、人狼《ワーウルフ》はガードの上から怪力で殴り倒す。

援護が入り、左右や背後から斬りつけても、人狼《ワーウルフ》はすぐに再生してしまう。

フォローを増やして三、四人でいっぺんに攻撃すれば、待っていましたとばかりに魔神は体を回転させ、両手を風車の如《ごと》く振り回し、まとめて薙ぎ払う。

業《ごう》を煮《に》やしたノーマとチキが《螢惑《けいこく》》を合わせ、火炎嵐《かえんあらし》で攻め立てるが、人狼《ワーウルフ》はなんと、強烈な息吹で消し飛ばしてしまう。

（こいつ……相当、強いぞ）

諸葉は画面を睨《にら》む、眼光を鋭くした。

かつての首なしの魔神のように、莫大《ばくだい》な火力を持っているわけではない。

武器は今のところ両手両足と、牙《きば》による格闘能力だけ。

かつての影法師《かげぼうし》の魔神のように、動きがトリッキーなわけではない。

俊敏ではあるが攻撃も回避も単純極まる。

ただ純粋に速く、ただ純粋に力強く、ただ純粋にタフで、その三つだけでアメリカ支部の精鋭たちを圧倒してしまう。

獰猛《どうもう》極まる狂戦士《バーサーカー》、しかしその戦いぶりの本質は正攻法にして王道。

こういう奴が一番手がつけられないのだ。

「せめて、ランクB以上のメンツで固めたかったですね……」

「あの子たちは全員そうだヨ？」

「えっ？」

アーリンの説明に、諸葉は驚く。

何かの間違いではないか？　パワーもスピードもランクBには物足りない面々なのだが。

しかしミラも事務仕事の手を止めて、

「過去、実際に魔神級と戦ったモロハさんの経験と、日本支部がその情報を開示してくれたおかげでね、魔神級と戦う時は数より質が大事だってわかっていたから。ランクCは一人も連れていかなかったのよ」

そう証言してくれるので間違いなかった。

（そう言えば、ノーマさんもチキさんも妙に動きが悪いな……）

諸葉は思考を巡らし、ハっと気づく。

より映像に目を凝《こ》らす。

人狼《ワーウルフ》の全身から噴き出る黒い霧。

それを浴びた瞬間、交戦中の皆の肌もまた黒く染まる。

映像がまだ遠いのと、すぐに肌のシミがなくなるのとで、今まで気づかなかったのだ。

「あの霧……もしかして猛毒《もうどく》か何かですか？」

「アー、さすがだネ。正解。私たちはウルフズベインと呼んでル」

「この魔神級の素体となった彼女は、薬の《螢惑《けいこく》》の使い手なの。理屈はわからないけれど、それが反転したのではないかと分析しているわ」

アーリンとミラが両側から説明してくれる。

合点《がてん》がいった。

こいつは毒狼《どくろう》の魔神だったのだ。

ノーマたちは近接戦を挑むたびに、人狼《ワーウルフ》から噴き出るその毒を真っ向浴びなければいけない。

放置するわけにはいかず、《内活通《ないかつつう》》をフル稼働してすぐ除毒する。

しかし、そっちに通力《プラーナ》を回さなければいけない分、本来戦いに必要な《剛力通《ごうりきつう》》や《神足通《じんそくつう》》、五星技《ごせいぎ》等に注ぐ通力《プラーナ》が不足してしまうのだ。結果として一ランク下程度の実力しか発揮《はっき》できず、ただでさえフィジカルの強力な毒狼相手に大苦戦を強《し》いられる。

「この魔神級と正面から戦うことが可能な《光技の使い手《ライトセイヴァー》》は、世界に二人しかいないわ」

ミラがノーパソを閉じ、真剣な声になって言った。

結局、こっちが気になって事務仕事に集中できないのだろう。

一方でアーリンは、諸葉の膝枕の上でゴロゴロしながら、ふざけた口調で言う。

「迭戈《ディエグア》は業が溜《た》まってポックリいっちゃ困るし、最初から除外でショー。ヂーシンもイイ線は行くだろうけド、あいつの強さの根本は功夫《わざ》だからサー。もっと通力《プラーナ》自慢じゃないと、このオオカミ君相手はきついよネー」

辛辣《しんらつ》な言い様《ざま》だが的確だ。

その二人を除いた他の白鉄に諸葉は目を向け、

「つまり、そもそも毒霧が効かなさそうな、エドワードなら適任ってことですか」

「あのギンギラ鎧《よろい》はマジでチートだヨー。私もあんなの創ってみたいのニー、全然成功しなーイ。モ、ムリー。ムリー。くやシー」

アーリンが駄々《だだ》をこねるように暴れる。

「そして、もう一人があなたよ――モロハさん」

ミラが目つきまで真剣なものに変えて、こちらを見つめてくる。

「…………」

話の流れからそう言われることは予想できていたので、諸葉は何も反応しない。

「卓越《たくえつ》した通力《プラーナ》を持つあなたなら、ハンデを背負っても戦えるはずだわ」

「実際やってみないと、わからないですけどね……」

「ナントカ君ならできルできル！　しかもだヨ？　君の力をもっと引き出すためのスーパーアイテムも、今あそこで創ってるからサ」

アーリンが調子のいい口調で太鼓判《たいこばん》を捺《お》してくれ、軽～いノリで大釜の方を指した。

「こういうの確か日本語でも言うよネ？　ネコにコバンだったっケ？　ワオ、御利益ありソー」

「聞けば聞くほど不安しか湧きませんからもう黙っといてくれませんかね……」

諸葉は頭痛を堪《こら》え、

「ともかく……こいつが白鉄にとって相性最悪なのは理解しました。でもこの戦いの時、黒魔の火力支援はなかったんですか？　遠距離攻撃なら毒も関係ないと思うんですけど」

さっきから映像を見れど、いつまで経っても始まらない。

ノーマたちの前線構築が不安だから、近づけずに手をこまねいている可能性がある。

「それならもうすぐ始まるわ」

ミラが答えたその矢先のことだった。

光る何かが、画面を切り裂くように横切る。

それも一回どころではない。

にわか雨の如く、数えきれないほどの光が画面に走る。

諸葉は映像に目を凝らした。

光の正体は、エネルギーの塊でできた砲弾。

ヘリが流れ弾を恐れてか、急上昇する。映像が戦場からやや遠くなる。

でもそのおかげで全体を俯瞰できるようになり、砲手の姿が映し出された。

アメリカ支部長、アーリン・ハイバリー。

今、膝の上でゴロゴロしている娘とは、別人のように毅然《きぜん》とした立ち姿。

鋼の砲塔をハリネズミのように生やした巨大な背面装備《バックパック》を、背負うというか埋《う》もれるようにして、その無数の砲口から光弾を発射している。

「すごいでショ？　名前は〝ベッキー〟。あれも私の子だヨ」

発明品だろうバックパックを自慢するアーリン。

しかしこれには諸葉も素直に同意する。

実際、火力は尋常でなく、射程は長く、速射性にも優れ、また撃ち尽くす気配がない。

彼女一人いれば、生半可な黒魔部隊など必要がない。

これがアーリンの戦闘スタイル。

「うちのボスが〝たった一人の砲兵旅団〟と異名をとる所以《ゆえん》よ」

ミラが補足してくれて、諸葉は言い得て妙《みょう》だと感心。

この〝ベッキー〟があれば戦況は一気に傾くのではないか?

そう思ったが——予測はすぐに裏切られた。

無数の光弾が、魔神級目がけて飛んでいく。

い、い、い、いいいい。

その全てが当たっていない。

四足歩行状態となって駆け、機敏に体を左右に振り、時に跳んで、弾幕をかわし続ける。

見切りは完璧で、回避動作には無駄がなかった。

スピード、パワー、タフネスと三拍子揃い、近接殺しのウルフズベインを持ち、さらに加えてこの「眼」の良さ。

(強い……俺が見た《異端者《メタフィジカル》》の中で、一、番……)

諸葉の額を、一筋の汗が流れ落ちる。

膝の上のアーリンが舐《な》めたそうに舌を出したが、構っている余裕はない。

蓋《ふた》をするように彼女の顔に手を載せ、モニタに釘《くぎ》づけになる。

毒狼の魔神は弾幕を物ともせず、どころか逆に、映像の中のアーリンへ向かって突き進む。

眼前の砲弾をジグザグに回避して、着実に距離を詰めていく。

アーリンが背負う〝ベッキー〟はその巨大さと鋼鉄の見た目通り、重いらしい。

彼女は逃げることもできず、泡を食った顔で弾幕を張り続けるだけ。

代わりに、傍で護衛をしていたミラが迎撃に出た。

長い鞭《むち》を振るい、人狼《ワーウルフ》の足元をすくうように伸ばす。

人狼《ワーウルフ》は余裕で跳んでかわすが、ミラは《辰星《しんせい》》を使って鞭の動きを操り、背後から忍ばせる。

「眼」やフィジカル任せで、動きは単調な魔神だ。

読み予測というものをしないのか、ミラの奇襲は見事に決まり、右足をからめとる。

一瞬、動きを封じられた毒狼の左胸に、ビーム砲弾が突き刺さる。

そこに収まる魔神の核《コア》に直撃だ。

急所を守るために、黒き心臓からたちまち溢《あふ》れる護《まも》りの呪力《サターナ》。

光弾の破壊力と鬩《せめ》ぎ合い、結果、アーリンのビームが押し負ける。

魔神の心臓は傷一つついていない。

ただし、使わせた分、呪力《サターナ》の濃度がほんのわずかに薄まっていた。

「見た、モロハさん？」

「はい」

「もっと威力の高いビームを、あの核《コア》に当てれば斃《たお》しえるということよ」

「ですね。……ただ、威力を上げられるんですか？」

諸葉の質問に、ミラから台詞を奪うようにアーリンがまくしたてる。

「もちろんに決まってるじゃないカ！　言っとくけど〝ベッキー〟の一発の威力が低いのハ、あの子を雨霰《あめあられ》と撃つのが得意な子に設計したってだけだからネ！　逆に一発一発、大事に撃つ子ならラ、もっともっと威力は出せるヨ！　おっきな砲弾を撃つんじゃなくテ、矢くらいにビームも収束させたり、工夫《くふう》の仕様はいくらでもあるヨ！」

「わ、わかりましたからそんなムキにならないでください」

諸葉はたじたじになりつつ、

「ただ、それだと当てられないんじゃないですか？　今だってこんなに撃っても外れるのに」

言うべきことはちゃんと言い、モニタの中を指し示す。

毒狼が食らったのはさっきの一発だけ。

すぐに鞭を引きちぎり、拘束《こうそく》から逃れるともうかすりもしない。

ミラが再び鞭を操《あやつ》って巻き取ろうとするが、一度「視《み》て」脅威とわかったからか、毒狼も警戒を始め、するともう捕まらない。

アメリカ支部は全ての決め手を失った。

映像の中、ミラは苦渋の表情で撤退《てったい》を叫ぶ。

「迅速《じんそく》な、いい判断だと思います」

「まあ。……ありがとう。救われる気分だわ」

事務机に頬杖《ほおづえ》ついて、ミラが目を細める。

一方、映像の中のミラは、アーリンを鋼鉄の背面装備から引きずり出し、抱え、〝ベッキー〟を放置して逃げ出す。

「あア、私の〝ベッキー〟……」

膝の上のアーリンが、思い出し涙をハラハラとこぼす。

諸葉はズボンがぐしょ濡《ぬ》れになるのを我慢して、

「当てられなければ、どんなに威力を上げても空論でしょう?」

しかしアーリンは自信たっぷりに、

「だったラ、あいつが『視て』からじゃよけられないほド、弾速を上げればいいサ」

「………………!」

諸葉は膝を叩きかけて、そこにアーリンの頭があったので思いとどまった。

「弾速を上げられるんですか?」

「そこに性能を集中させれば可能だヨ。ただ、弾は五発しか撃てなくなるけド」

「たった五発かあ」

「私の試算では五発で充分。全部あの心臓にぶち込めバ、斃せるはずサ」

「……って、遊び弾はなしですか？」

「当てればオールＯＫだっテ」

「心許《もと》ないなあ……」

「なんだヨ、モ～！　さっきからラ私の発明にケチばっかつけテ！　じゃあナントカ君が『ボタン押したらアフリカから飢餓《きが》がなくなる装置』みたいな凄《すご》いヤツを発明すればいいじゃなイ！」

アーリンがフテ寝するように、その場でうつ伏せになる。

人の膝の上でうつ伏せになったら、むしろ微笑《ほほえ》ましい仕種《しぐさ》になると思うが。

困っていると、ミラがまたとりなすように、

「アーリンを信じてあげて。この子の発明に関する言葉は、とても誠実で正確だから。この子ができないと言えばできないし、できると言えばそれはできるのよ。十中八九」

（十に一つ、外れるんじゃないですか）

と諸葉は思ったが、野暮《やぼ》なことは言わないでおいた。

ミラにしっとりと説き伏せられると、どうも弱い。

どこか、叔母《おば》に雰囲気が似ているからかもしれない。

「わかりました。じゃあ、その新兵器を急いで創るしかないですね」

「もうできてるヨ」

「えっ？」

アーリンがその台詞を待ってましたとばかりに顔を上げ、機嫌を直す。

びっくりする諸葉の前で立ち上がり、ガラクタの海へ入っていく。

無造作に転がされていた一つを、愛《いと》おしそうにつかみ上げる。

それは――異様なほどの長い銃身《ロングバレル》を持つ、一丁《いっちょう》のライフルだった。

銃床《じゅうしょう》から銃口まで、三メートルは優に超えている。

小柄なアーリンが立てて持つと、槍《やり》と見紛《みまご》う。

銃身に頬ずりまでしながら、

「この子の名前は〝クララ〟。よろしくネ」

「俺は未《いま》だにナントカ君なのに、その子は〝クララ〟ちゃんでさっきの子は〝ベッキー〟ちゃんですか……」

こういう傍若無人《ぼうじゃくぶじん》なところは、まさしく六頭領《シックスヘッド》の一角だと思わせる。

諸葉はジト目を向けるが、アーリンは全く空気を読まず、

「まータそんな羨《うらや》ましげな目で見テ～。ナントカ君も頬ずりしてみたイ？　いいヨいいヨ、遠慮《えんりょ》せずにどーゾ」

「安全装置とかついてるんでしょうね？」

諸葉は一度映像の再生を止めて、おっかなびっくり受け取った。

「心配無用！　君たちが通力《プラーナ》や魔力《マーナ》を使って戦うようニ、私も私だけの力を使って戦うんダ。

仮に妖精力《レプラカーナ》と呼ぼうカナ？　それを込めてトリガー引かなきゃ〝ベッキー〟も〝クララ〟も、ウンともスンとも言わないのサ」

レクチャーを横に聞きながら、諸葉はロングライフルを試しに構える。

銃身に付いたスコープを覗き込む。

中は細く、狭く、十字の照準《レティクル》が浮かんでいる。

「射程は百ヤード程度だシ、ビームだから完全に真《ま》っ直《す》ぐ進むシ、弾速もあるからネ。その照準に収めてトリガーを引けば、必中って調整済ミ。ネ、いい子でしョ～？」

親バカ丸出しで表情を蕩《とろ》けさせたアーリンが、反対側から銃身に頬ずりし出した。

「だけど、その照準に収めるのが大変でしょ？　アーリンさんは《天眼通《てんげんつう》》を使えないんだ。白鉄や《異端者《メタフィジカル》》の高速戦闘についてこられないんじゃ？」

下手な鉄砲というか、雨霰と撃つ〝ベッキー〟の方がよほど理に適《かな》った兵器と思える。

「その工夫もちゃんとしてるってバ。〝工廠《アーセナル》〟アーリンを舐《な》めちゃいけなイ」

鼻息荒く自画自賛するアメリカ支部長サマ。

諸葉から〝クララ〟を奪い返すと、槍のように高々と銃口を掲げる。

「毒狼の魔神を討《う》つための作戦ハ、如何《いか》に私と〝クララ〟を狙撃に集中させることができるカ、そこにかかってるト言って過言じゃないんだからネ！」

熱っぽく力説までする。

「作戦ですか……」

「ソ。私とミラで一生懸命練ったんダ」

諸葉は顎に手を当て、考える。基本路線としては異論ないが。

横からミラが説明を継《つ》いで、

「アーリンに集中させるためには、毒狼に絶対突破を許さない、前線の安定が大前提でしょう？　だけど、近接殺しの魔神を相手にそれは至難《しなん》の業《わざ》だわ。かの白騎士にだって為《な》しえないと思わない、モロハさん？」

「あいつは硬いですけど、ややスピード不足ですからね。この毒狼くらい速い奴に、仮にガン無視されて後衛を狙われたら、完璧に守り通すってのは難しいかと」

「ええ、その通りよ」

諸葉の言葉にミラが何度も相槌《あいづち》を打ちながら、立ち上がる。

「だから、この作戦で前線を務《つと》められるのは——世界にあなた一人しかいないのよ」

そう言いながら、こちらにやってくる。

ソファの前でひざまずくミラ。

「だから、私たちはあなたに助けを求めるしかなかったのよ」

諸葉の手を両手で握りしめ、訴《うった》えてくる。

たちまち渋面《じゅうめん》にさせられた。

「ただ魔神級との戦闘経験者だから呼ばれたのだろう」くらいにたかを括《くく》っていたし、「アメリカ支部の人たちの邪魔にならない程度に、精一杯がんばろう」くらいの意気込みでいたのに。

ミラたちはこんなにも深い考えと重い決意で、諸葉を招いていたとは……。

渋い顔のまま訊《たず》ねる。

「まさか……俺一人でこいつを食い止めろと？」

ミラは答えなかった。

震えながら手を握りしめ、すがるような上目遣いで見つめてくるだけ。

隣では本来の責任者《アーリン》が、もう話に飽きたように〝クララ〟を夢中で磨いているのが、一層哀《あわ》れを誘う。

こんなんが支部長で、副支部長のミラの普段の苦労が忍ばれる。

「まあ、楽な戦いになると思って、来たわけじゃないですしね」

諸葉はがっくりうなだれた。

「あなたの優しさに感謝を……！」

普段クールなミラが、咲きこぼれるように破顔した。

そこまで喜ばなくても、と諸葉は空《あ》いた方の手で頭をかく。

「こいつチョロいなって笑ってくれていいんですよ？」

「まあ。モロハさんが本当にそうだったら、ついでにスカウトもできて助かるのだけれど。でもあなたは芯《しん》のある男の子で、自分で決めたことはまげない人でしょう？　そんなモロハさんだから、承知してくれてうれしいの。とっても」

「……大げさですよ」

諸葉が頭をかきながら困っていると、ミラがようやく手を離してくれた。

胸のつかえがとれたように、事務仕事へ戻っていく。

弾《はず》むような打鍵《だけん》音が聞こえてくる。

「よかったネ～、〝クララ〟ちゃん？　ナントカ君が実験の一番大変なとこ引き受けてくれるっテ～。これで〝クララ〟ちゃんの凄《すご》さが実証《さくせん》できるネ～？　私も鼻が高いネ～？」

アーリンの台詞は聞きたくなかった。

憮然《ぶぜん》となりながら、諸葉も自分の仕事に戻る。

停止していた映像を再生する。

毒狼が金切り声を上げて、アーリンを抱えて逃げるミラを執拗《しつよう》に追いかける。

妨害《ぼうがい》に入るノーマたちを軽々薙ぎ払って寄せ付けない。

（こいつを俺一人でなあ……）

諸葉は深刻な目をモニタに向ける。

さっきだって別に適当に流していたわけではない。

でも、それでは足りないのだ。

より真剣に。より細部を。より詳細に。より鋭《するど》く——

SECTION 7

第七章　ソフィア・メルテザッカーの哀哭《あいこく》

小一時間足らずの記録映像を何度も何度も再生し、分析する。

人狼《ワーウルフ》の一挙手一投足どころか、それこそ指の動きにまで注視し、検討し、自分ならどう戦うかと頭の中でシミュレートする。

戦闘前に研究できるなんて機会は滅多《めった》にない。

甚大《じんだい》な被害が出る前、可及的速《かきゅうてきすみ》やかに、《異端者《メタフィジカル》》が出現すれば必ず殲滅《せんめつ》するものだからだ。

こんなありがたいレアケース、十二分に活用しなければもったいない。

諸葉《もろは》は時を忘れて画面に集中した。

ミラが「夕食の支度をしてくるわ」と席を立って、そんな時間なのだと気づいたほどだ。

アーリンはまた諸葉の膝《ひざ》を枕《まくら》、ソファをベッドに寝こけている。

二日徹夜《てつや》したのだ。休ませてあげたいし、この方が邪魔にならないので、そっとしておいた。

聞こえるのは大釜《おおがま》を煮《に》る薪《まき》の、爆《は》ぜる音。

それと、ボリュームを落としたテレビから漏れる、毒狼《どくろう》の金切《かなき》り声。

もう何度目かの映像が終わり、また頭出し再生するためリモコンのボタンを押した——

その時、ケイタイが着信を報《しら》せて鳴り出す。

諸葉は慌てて出て、アーリンを起こさないように小声でしゃべる。

「もしもし?」

『ワタシデース。今、研修が終わったデース』

疲れているだろうに、ソフィアの元気いっぱいな声が聞こえた。

『聞いてください、モロハ! 初日から友達ができたのデース!』

「先輩ならそうなるだろうと思ってましたよ」

『ありがとうデス。それでモロハに相談があるのデス。この間、ハルカに《巨門《こもん》》の攻撃的な使い方をモロハがレクチャーしてたデスよね? それと同じテクニックがどうもうまくできないと、その新しい友達が悩んでたのデース』

「ああ、了解です。俺《おれ》でよければその人にもアドバイスしますよ」

問題は、「灰村《はいむら》諸葉」は日本に来てないことになっているので、どうやって伝えるかだが、諸葉が偽名《ぎめい》や方便を使って誤魔化《ごまか》すことにする。お礼にその娘が得意とするミートパイを焼いてきてもらうことになって、楽しみができる。

『ところで、結局モロハはどこに隠れているのデース?』

迎《むか》えに行こうかと申し出てくれるソフィア。

「アーリンさんの工房なんで、平気です」

『エエッ、そんなところに⁉　ボスが邪魔じゃないデスか⁉』

普通逆だろうと諸葉は苦笑い。

「そんなことないですよ。今、例の魔神《まじん》級の戦闘記録を見せてもらってるとこですけど、アーリンさんは気持ちよさそうに眠ってるだけです」

『エエッ、まだ編集が終わってないと聞いてたのに⁉　ワタシも見たいデース』

夕飯ができるまで一緒に見ようということになって、諸葉は通話を切る。

そうしたら膝《ひざ》の上で、アーリンが寝ぼけ眼《まなこ》をこすっていた。

「ふにャ……電話ァ……？」

「すみません。起こしちゃいましたか」

「いいヨいいヨ。アレが完成するまデ、私は一睡《いっすい》もできないカラ」

今さっきまで爆睡《ばくすい》してましたよね？　と思ったがツッコまない。

「発明、心底お好きなんですね……」

じゃなきゃここまで根《こん》は詰《つ》められないだろう。

「うン……」

アーリンは諸葉の上着と肌着の裾《すそ》をぺろんとめくり、

「発明大好《す》キー」

「ちょっつっどこに顔突っ込んでんですか⁉」

いきなりヘソの穴をぺろぺろと舐《な》められ、諸葉はあられもない悲鳴を上げた。

かつて「くすぐったい場所＝性感帯」などと要らん知識を教えてくれたのは斎子《ときこ》だったか？

何かに目覚めそうなほどの、筆舌《ひつぜつ》に尽くしがたいくすぐったさに悪寒《おかん》と戦慄《せんりつ》を覚える。

「これ、いいヨ～。インスピレーション、ドゥバドゥバだヨ～」

「そんなとこでしゃべらないでっ」

「おおッ、神ヨ、神ヨ、あなたはそこにおわしますカっ」

「サイテーの発明の神だなッッ」

もう堪《たま》らず、諸葉は力ずくでアーリンを引きはがす。

名残惜《なごりお》しそうに、まだ突き出した舌を動かしている様が小憎《こにく》らしい。

「……もうマジ勘弁《かんべん》してくださいよ」

「仕方がないサ。発明に犠牲《ぎせい》はつきものサ」

「そっちは何も犠牲出してないでしょが！！！！」

他人に一方的に強《し》いる犠牲とはいったい。

「こうしちゃ居られないイ。早速試さなキャ」

しかしアーリンは諸葉のツッコミなど聞き流して、いそいそと大釜へ向かう。

その裏側――こちらからは死角――に消えて、しばらくしてまた姿を現す。どこからとってきたのか、また怪しげなものを手にしていて、台の上に登ると大釜へ投入する。

諸葉には何かの動物の頭蓋骨《ずがいこつ》に見えたが、忘却《ぼうきゃく》の彼方《かなた》に追いやる。

「オ。いい感じに煮えてきたワ～。発明の神ヨ、今日も感謝しますス」

アーリンが信奉してるのはさぞや冒瀆《ぼうとく》的な神様なのだろう。

（……どんなもんができるんだろ……俺専用装備）

嬉々《きき》として大釜をかき混ぜるその姿に多大な不安を感じながら、諸葉は心の平静を取り戻すために目を背けるしかなかった。トホホと記録映像の視聴に戻る。

冒頭の、何が映っているかわからない部分だ。

ボリュームを下げたままの、ヘリのローター音が聞こえる。

アーリンが大釜をかき混ぜる音と、薪の爆ぜる音が聞こえる。

気分が落ち着いてきて、諸葉はソファに深く背中を預けた――

その時、勝手口の扉が勢いよく開かれる。

「お待たせデース！」

走ってきたのだろう、息を弾ませたソフィアが顔を見せた。

諸葉が見ているテレビに視線を向けて、興味津々《きょうみしんしん》の様子で傍《そば》に来る。

「これデスね？　どんな《異端者《メタフィジカル》》が現れたのデスかって聞いても皆、『すごく強いやつ』としか教えてくれなくて、ずっとヤキモキしてたデース」

すると、なぜかアーリンが狼狽《ろうばい》し、ソフィアを咎《とが》めた。

「ソフィー⁉　ダメじゃないカ、立ち入り禁止の貼り紙が見えなかったのかイ⁉」

「でももうモロハが入ってるデスよ？」

きょとんとするソフィア。

諸葉も同感だ。今更《いまさら》ではないだろうか。

「ソ、それはそうなんだけド～」

アーリンがしどろもどろになる。

事情はちゃんとあるけど口にはできない、そんな様子だ。

諸葉はソフィアと顔を見合わせる。

そして、そんな話をしている間にも、テレビは録画映像を流し続ける。

画面の中で、ヘリが勇気を出して戦場に寄っていく。

カメラマンがより近くで毒狼の魔神を捉《とら》える。

その咆哮《ほうこう》がスピーカーから漏れ聞こえる。


――返せ返せ返せ返せ、今すぐ返せ、おるぁあああああああああああああ！


胸倉をつかんで引き寄せるような、鬼気《きき》迫る人狼《ワーウルフ》の金切り声。

諸葉もソフィアも反射的に首をテレビの方へ向ける。

それどころか、ソフィアの様子がおかしい。

衝《つ》き動かされるようにテレビの前へ立つ。

テレビモニタの中で、魔神は暴力に酔い痴《し》れるが如《ごと》く、ノーマやチキたちを薙ぎ払っていた。

目を剝《む》き、裂《さ》けんばかりに顎《あご》を開き、ますます涎《よだれ》をしとどに垂らし、咆哮《ほうこう》する。


――返せよぉ……みぃんな、アタシに返せよぉおおお……。


諸葉の前で、ソフィアがよろよろとテレビをつかんだ。

さらには、熱病に侵《おか》されたかの如く震え出す。

いったいどうしたというのか。わからない。


――ヴィエラを返せアッシュを返せギャエルを返せナズリを返せソングを返せザグナを返せ！


テレビをつかんだまま、ソフィアは食い入るように画面を凝視している。

その膝が、ゆっくりと崩れ落ちていく。


――アタシの家族を返せ！！！

項垂《うなだ》れる。
テレビにすがりつくような格好になる。
静かに震え続ける。

――チ、、、ェスクを返せえええええええええええええええええええっっっっっ。

まるで、金切り声が一つ聞こえるたび、体を強く打ち据《す》えられているかのように。
ソフィアは体を震わせ、耐え続けていた。
彼女が、この陽気な先輩が、嗚咽《おえつ》していた。

「先輩⁉」
諸葉は席を立って駆け寄り、背中をさすってやる。
ソフィアは嗚咽を漏らしながら、首を左右に振る。
「ありがとう」と。「大丈夫だから」と。そんなばかりに。
でも全《まった》く大丈夫には見えない。
諸葉はリモコンを使って、再生を止めた。
モニタが暗転し、工房の中に静寂が戻る。

体育館くらい高く広い天井に、ソフィアのすすり泣く声だけが陰々《いんいん》と響く。
いったい何があったのか？
「レイ……。レイ……っ。どうして……こんなことに……っ」
嗚咽の中に混じったソフィアの独白で、諸葉は悟った。
レイ。
ここ最近、何度かソフィアの口から聞いた名前。
ソフィアの恩人で、師匠《ししょう》で、現アメリカ支部最強の白鉄《しろがね》で、四銃士の最後の一人。
諸葉は暗転したテレビモニタを鋭く睨《にら》みつけた。
――魔神級は、《救世主《セイヴァー》》の魂を抽出して造り出される。
つまり、毒狼の魔神の核《コア》に使われているのが、その「レイ」の魂だったのだ。
諸葉はソフィアを見つめる。
うなだれ、うずくまり、大きな体を小さく丸める、彼女の背中。
この一年間、ずっとお世話になった大好きな先輩。
諸葉は目をきつく閉じ、それからあらぬ方を睨みつけ、
（……ひどいことをする）
拳を握りしめる。
爪が食い込むほどに。

「……いつデスか？」

うなだれたままのソフィアが、ぽつりと言った。

「……いつからこんなことになっていたのデスか？　ワタシが夏休みに帰省した時には、レイはまだ無事だったのに！」

「その直後だヨ」

ばつの悪そうなアーリンが、逃げるように大釜をかき混ぜながら答えた。

「忘れもしないイ、去年の八月二十八日。レイは〝不可視《インヴィジブル》〟の餌食《えじき》になっタ」

「どうして教えてくれなかったデスか⁉」

「……皆、言えなかったんだヨ。ソフィーは特別、レイに懐《なつ》いてたからネ。……実ハ、戦いにも参加させるつもりはなかっタ」

だからこの記録映像も、ソフィアには見せたくなかったのか。

ソフィアはしばし息を呑《の》むと、長い髪を振り乱して怒鳴《どな》った。

「ワタシは教えて欲しかったデスよ！　どんなに辛《つら》くても‼」

悔《くや》しげに床を叩《たた》く。

諸葉にはどっちの気持ちもわかる。だから安易《あんい》に口を挟まない。

「レイ……！」

もう何も映さないテレビを、ソフィアはなお抱《だ》きしめる。

それを横目で見たアーリンが、作業を続けながら気まずそうに言う。

「あんま思い詰めんなヨー。レイは死んじゃったわけじゃないんだしサー。体は無事で、今はマンハッタンの病院でちゃーんと管理してル」

「なんでそんなに冷静なのデスか！」

ソフィアがキッとアーリンを睨む。

恐《こわ》いほどの眼差《まなざ》しだ。

この陽気な先輩が、こんな顔をするのを諸葉は初めて見る。

「レイが叫んでいたデス……返せと……家族を返せと……何度も叫んでいたデス……」

声まで震わせながらソファの上のリモコンをとり、再生する。


──どうして返してくれないんだよぉ！　どうして！　どうしてどうしてどうしてぇぇぇぇ！


「これを聞いても、ボスはなんとも思わないのデスか⁉」

アーリンの手が一瞬だけ止まって、

「……なんともってテ？」

「ボスが、いつも、誰もっ、引き止めないから！　チェスクだって……！　そうじゃなければレイもこんな苦しそうにはしてないはずデス！」

言葉をぶつけ続けるソフィア。

「こんなことにはなってないはずデスっ！」

映像の中の人狼《ワーウルフ》もかくやに、目を剝き、肩を怒らせ、わめき散らす。

「八《や》つ当たりですよ、先輩……」

見かねて諸葉は止めに入った。

確かに、魔神の悲痛な叫びは胸に迫るものがある。

レイという人物の、普段抱えている苦悩が痛いほど伝わってくる。

でもそれは、今のこの問題と因果関係はない。

辛い想《おも》いを抱えているから悲劇なのではない。

《背教者《デーモン》》たちに陥《おとしい》れられ、人間の尊厳を剝奪《はくだつ》され、魔神に変えられているから悲劇なのだ。

ソフィアは怒りと悲しみのあまり頭の中がグチャグチャで、気持ちも整理できないままに筋違いなことを口走り、アーリンを激情のはけ口にしてしまったのだろう。

気持ちはわからないではない。

しかし、これではアーリンが可哀想《かわいそう》だ。

ソフィア自身もきっと後悔することになる。

諸葉は止めて、落ち着かせようとした。

なのに、

「なんとも思わないサ。ソフィーもわかってるでショ？　私は道楽にしか関心ないもン」

アーリンは火に油を注ぐようなことを言った。

冷淡な眼差しで、この期《ご》に及んでもまだ作業の手を止めずに。

「他人のことなんてなんとも思っていないからラ、引き止めようって熱も沸《わ》かなイ。ソフィーだって日本に残りたいって気持ちはあるだロ？　なんにも気にせず、行っていいんだヨ？　君の人生だ、好きにするといいサ。私がそうするみたいにネ」

衝撃を受けたように、ソフィアが大きく目を見開く。

一層、体を震わせる。

何かを言いかけて。

言葉にならなくて。

涙ばかりが溢《あふ》れて。

顔をくしゃくしゃに歪《ゆが》めて。

「うあああああああああああっ」

絶叫し、踵《きびす》を返し、涙も拭《ぬぐ》わず走り去った。

「ソフィー先輩！」

諸葉は追う。

後先考えることなく、体が動く。

勝手口のドアを開けっ放しにし、裏庭から続く林の中へ、走っていくソフィアの背中——

それを全力で追いかけた。


どれだけ走っただろうか。

ソフィアは行く手を塞ぐ、一際大きな木の幹にぶつかると、ようやく止まった。

太い幹に額と拳を着け、また何度も殴り続ける。

そのたびに裸《はだか》の枝が揺れて鳴る。

「先輩……」

諸葉も足を止め、呼吸を整えながら、気遣わしく声をかけた。

「あの言い方はなかったけど、死んだわけじゃないっていうアーリンさんが正しいじゃないですか。まだ最悪の事態じゃないんです、助けられるんです。元気を出しましょうよ。そして、勝つんです。次、魔神級が現れた時こそ、必ず」

「そうじゃないのデス！」

ソフィアは額を幹に着けたまま、いやいやをするように首を振る。

「じゃあ、何が？」

「レイは……彼女は……メレイン・フラミニというデス」

諸葉は気づく。

その名前には聞き覚えがある、と。

《群体要塞級《ストロングホールド》》攻略の時、エドワードが〝不可視《インヴィジブル》〟に拉致されたメンバーをリストアップしてくれて、中でも気をつけなければいけないと注意された五人のうちの一人だ。

レイという愛称から本名が連想できなくて、気づくのが遅れた。

「ワタシの恩人デス……」

「そう……言ってましたね」

幹に額を着けたまま、ソフィアはうなずく。

そして、訥々《とつとつ》と話してくれる。


アメリカ支部最強の白鉄であるメレインと。

支部最強の黒魔《くろま》にして、彼女と恋仲《こいなか》であるフランチェスク。

二人を慕《した》い、いつも二人にくっつき回る、幼《おさな》かった日のソフィア。

夢のように楽しい日々だ。

ある日突然、フランチェスクが裏切るまでは。

イギリス支部へ招聘《しょうへい》され、ソフィアとメレインを残して去る、彼の背中。

ソフィアは傷心とともに見送り、同時に罵《のの》り続けた。

それを窘《たしな》めたのは、一番悲しいはずのメレインだった。

「裏切りじゃない。永遠に会えなくなるわけでもない。おまえもそのうちわかるよ」

そう言って抱きしめてくれた。

でも、わかる日が来るとは思えなかった。

ワタシは決して裏切らないと、誓《ちか》いを立てるソフィア。

そして、月日は流れる。

亜鐘《あかね》学園に留学し、実戦部隊《ストライカーズ》の仲間たちと苦楽をともにする毎日。

メレイン、フランチェスクと三人ですごした日々と比べても、決して色褪《いろあ》せない異国生活。

仲間たちから何度、「卒業したら日本支部に入らないか?」と誘われただろう。

そのたびに揺らぐ気持ちを、本心を――ソフィアは自覚せずにいられなかった。

裏切りだと、思った。

悩んだ。

救ってくれたのは、メレインの言葉である。

帰省した時に、鼻の利く彼女はソフィアの想いに気づいて、大笑いしたのだ。

「そら見ろ! そのうちわかるって言ったじゃんか。でもいいんだよ。別に後ろめたく思う必要はないさ。アメリカのことがきらいになったのか? 違うだろ? 同じくらい日本のことが好きになっただけだろ？　それは裏切りじゃないし、大好きなものはいくつあったっていい。いや、その方が人間、幸せに決まってらあ。おまえの人生だ、好きにしろ。日本支部に入って、後から『やっぱやーめた』って戻ってきてもいいんだ。その逆でもいいんだ。いっそ百回くらい移籍を繰り返したら、ギネスに載るかもしれないぞ？　深く悩むだけバカバカしいって！　アメリカ支部にはこのアタシがいる。別にソフィーみたいなおチビ一人、いてもいなくても変わりゃしねーかんな、ハハハハ！」

彼女らしい、気風のよい台詞。

「ワタシは絶対に裏切らないデス！」

と、当時のソフィアはムキになって反論したが。

でもこの日から、思い悩むことはなくなった。

アメリカ支部に入る意志に変わりはなかったが、時々日本へ心が揺らいだとしても、罪悪感に駆《か》られる必要はないのだと考えられるようになった。

未来は何が起こるかわからないし——もし万が一に、日本支部を選ぶ決断をしてしまったとしても、メレインは許してくれると思うと、なんにもプレッシャーがなくなった。

でも……。

でも——

ソフィアは木の幹に寄りかかったまま、嗚咽交じりに訴える。

「ワタシは……子どもだったデスっ。レイの毅《つよ》さに甘えて、レイの優しい言葉にすがって、レイの本当の気持ちに気づいてあげられなかったデス……。レイは……ワタシの気持ちに気づいてくれたのに！」

魔神級の金切り声は、素体となった《救世主《セイヴァー》》の魂の叫びだ。

怨念、情念だ。

諸葉の耳にもまだこびりついている。

「家族を返せ」と。

心の奥底から湧き出すような、狂おしいほどの叫び。

「ワタシは……バカだったデス……っ。気持ちが日本に揺らぐたびに、心の中で何度も何度もレイを裏切っていたのデス！　自分勝手な、ボスと同じ穴のムジナだったのデス！　もう、レイに、合わせる顔が……ない…………デス」

泣き崩れるソフィア。

再び木の幹を拳で殴る。

いや、木の幹へ拳を叩きつけているというべきか。

まるで自分を傷つけ、罰するように、何度も何度も打ちつける。

拳から血を流す。

赤く染まったソフィアの手を、

「そうやって勝手に決めつける方が、メレインさんへの裏切りじゃないですか？」

諸葉は後ろから捕まえた。

ソフィアは暴れて振りほどこうとしたが、させなかった。

彼女がどれだけ怪力だろうと、そんなのは関係ない。

この拳は放しちゃいけない。

だから諸葉は、渾身《こんしん》の力を振り絞って握りしめる。

「先輩は、アメリカ支部が大好きなんですよね？　でも同じくらい亜鐘学園のことが好きなんですよね？　だから悩んでる。想いがどっちか片方しかなかったら、こんな苦しい想いはせずにすんだのに、全《まった》く以《も》ってシンプルじゃない――」

暴れようとするソフィアと、させまいとする諸葉で、力と力を鬩《せめ》ぎ合わせながらなお、諸葉は一言一言噛《か》んで含めるように言う。

「でも、それが人間というものでしょ」

冷静に諭《さと》そうとする。

聞いて、ソフィアは暴れるのをやめた。

「……………だから、なんだと言うデスか」

代わりに、暗い声で呟《つぶや》いた。

この陽気な先輩には、世界一似つかわしくない声だ。

諸葉は落ち着いた声音で、だが叱《しか》るように答える。

「魔神級は、魔神級です。奴《やつ》らは人間じゃない。シンプルなまでに化物《ばけもの》だ。なのに、あの人狼《ワーウルフ》が同じ叫びを繰り返すからと言って、どうしてメレインさんの気持ちはたった一つきりだって決めつけるんですか?」

「…………!」

ソフィアが、幹にこすりつけていた額を跳ね上げる。

「人間の、メレインさんの気持ちは、ソフィー先輩と同じようにいくつもあるはずだ。先輩に日本へ行っていいと勧《すす》めるメレインさんも、ずっと皆と一緒にいたいと叫ぶメレインさんも、どっちも本当のメレインさんで、本当の叫びで、本当の気持ちじゃないと、断言できますか?」

諸葉は今、理解した。

魔神級がどうしてあんなにもグロテスクなのか。

それは、いいところも悪いところもたくさん合わせ持つ人間の、最も醜《みにく》い部分一つを際立たせ、誇張し、歪曲《わいきょく》する、カリカチュアであるからだ。

「先輩がやるべきことは今ここで懺悔《ざんげ》することじゃない。戦いに備えて、戦いに勝利して、メレインさんを解放して、抱きしめて、『大好きだ』って言ってあげることだ。そして、メレインさんともう一度向き合って、気がすむまで話し合って本音を確かめることだ」

「…………っ」

ソフィアの腕から力が抜ける。

諸葉が放すと、だらりと下がる。

「でも……ワタシは戦いに連れてかないって、ボスに言われてしまったデス」

「お。気持ちが前向きになってきましたね。それでこそ、俺の大好きなソフィー先輩です」

「大好き、デスか⁉」

ソフィアがいきなり、雷《かみなり》に打たれたように背筋を反らした。

耳の裏が赤く染まっていく。

「安心してください、先輩。俺から頼んでおきますから。今回の戦い、先輩の力は一つの鍵になり得ます。ずっと戦闘記録を見ていて、気づいたんです」

「モロハは意地悪《いじわる》デース。こんな時に、心臓に悪いこと言わないで欲しいデース」

ソフィアがまた背中を丸めてしまい、まるで子どもが拗《す》ねるような仕種《しぐさ》で、人差し指で地面をいじり出す。

それから、大きなため息を一つ。

「こうやってうずくまっている時間が、もったいないデスか」

「はい」

「魔神級に勝つための努力を一分一秒無駄にしている方が、レイへの裏切りデスか」

「はい」

諸葉はきっぱりと肯定《こうてい》する。

すると――

涙を拭いながら、ソフィアがゆっくり立ち上がった。

諸葉よりずっと高い、見上げるような大きな体。

拭い終わったソフィアがゆっくり振り返った。

瞼《まぶた》が腫《は》れた顔で、ばつが悪そうに言った。

「諸葉は厳《きび》しいデス。いつもコーチしてくれる時と同じで、容赦《ようしゃ》ないデス」

「はい」

諸葉も頬《ほお》に苦笑を刻んで、肯定した。

「鬼コーチの前でいつまでも泣いていたら、校庭十周デース」

ソフィアが乱暴に袖で涙を拭う。

全て拭い終わるまで、諸葉は黙って待った。

そして、ソフィアははにかんだ表情を浮かべて、

「ありがとうデス。いまワタシは、どうしてもモロハにお礼をしたいという気持ちなのデスが、してていいデスか?」

「え?　ええ。どうぞ――」

諸葉が言いきるか言いきらないかのうちに、ソフィアが大胆な行動に出てきた。

唇《くちびる》を唇で塞《ふさ》がれる。

英語で言えばKISSだ。

身長差があるので、ソフィアがヒョイと腰を屈《かが》めるだけで可能な高速キスだ。

諸葉は避《よ》ける暇もなかった。

目を白黒させられ、唇が唇に触れる刺激的な感触で頭の中がいっぱいになる。

ただ、恋人同士のそれとは違い、先輩後輩間の「お礼」には違いなかったようで、ソフィアはすぐに唇を離した。

「エヘヘ。じゃあ、勝つための準備をしなくてはいけないデスね。これからスパーリングにつき合って欲しいデス、コーチ♥」

ソフィアは褐色の頬《ほお》を薔薇《ばら》色に染めながらそう言って、恥ずかしそうに行ってしまった。

諸葉はしばし呆然《ぼうぜん》としていたが、「参ったな」と頭をガシガシかく。

ほんのわずかでもキスはキスで。

身長一九〇超えてててもソフィアは魅力的な少女で。

触れた部分がまだ熱い気がした。

その日の晩。

諸葉はミラからサンドイッチの入った籠《かご》を預かって、工房へ赴《おもむ》いた。

「こんばんはー」

「今はこんにちはだヨ、ナントカ君」

台座に立ったアーリンがまだ、一心に大釜をかき混ぜている。

「もうこんばんはですよ。お腹空《なかす》いたでしょう?」

研究に没頭していたからか、それともソフィアと顔を合わすのが気まずかったからか、アーリンは夕飯時に食堂へ顔を出さなかったのだ。

「後で食べるからラ、その辺テキトーに置いといテ」

「はいはい」

諸葉は言われた通りにする。

それから、アーリンの作業をじっと見守る。

しばしそうしていると、彼女が根負けしたように、

「なニ?　まだなんか用かイ?」

諸葉は一つうなずき、

「昼間のことなんですけど、なんでソフィー先輩にあんなひどいこと言ったんです?」

「私は道楽《どうらく》にしか関心がなくテ、他人のことなんてなんとも思っていないからサ」

「また心にもないことを」

「どうしてそう思うんだイ?」

「アーリンさんが発明好きで、それと同じくらい仲間のことを大切に想ってる人だって、知ってるからですよ」

「ふーン」

気のない返事をするアーリン。

でも否定もしなかった。

諸葉とて根拠《こんきょ》なく言ったわけではない。

アーリンの自己評は、先日ソフィアから聞いた話と矛盾《むじゅん》する。

もし本当に、彼女が道楽以外に関心のない冷血漢《れいけつかん》であったら――

アメリカ政府と不仲《ふなか》になっているはずがないのだ。

軍隊でもCIAでもどこでもミラたちを送り込んで、政府高官たちと蜜月《みつげつ》を築き、多額の援助金をもらい、研究費にしてしまう方が合理的に決まっている。

「先輩にあんな嘘《うそ》ついたのも、日本かアメリカかで悩んでたのを前から知ってたんでしょう?いい機会だからひどいこと言って、それで先輩がアメリカに愛想尽《あいそ》かしてくれたら、気持ちよく日本に残って幸せになれると考えた……そんなところじゃないですか?」

諸葉は答え合わせを求めるが、アーリンはまたもYESともNOとも言わなかった。

代わりに、

「私が皆のことを大切に想ってるんなら、どうして黙って移籍させるのカナ？　非合理的じゃないかイ？」

「とんでもない、合理的ですよ！　さすがだとも思います」

諸葉は首を左右に振る。

アメリカ支部から移籍する者は、全て本人が希望してよそに行くと聞いている。

その者が望んで、その者が移籍することで幸せになれるなら、たとえ離れ離れになっても応援してあげるのが「家族」というものだろう。

加えて、もう一つ。

白騎士機関《しろきしきかん》は本来、《異端者《メタフィジカル》》を斃《たお》すために生まれた組織だ。

移籍によってアメリカ支部が多少困ったことになっても、その分だけ他の支部が強くなるなら、今日も世界は平和だということだ。

むしろ他の支部がそれで弱点を補強して、機関トータルとして見れば増強しているまである。

「お金と引き換えとはいえ、認識票《IDタグ》や戦闘服をよそに供給してたりも含めて、アーリンさんはすごく利他的なんですよ」

他の支部の多くが自己の利益だけを追求しがちな中、彼女の思考は非常に大局的と言える。

六頭領《シックスヘッド》の中にもこんな人物がいたことに、諸葉は驚きと感心を覚える。

「違いますか?」

「…………」

諸葉の話を聞き終えると、アーリンは小さく息を吐いた。

張りつめていた何かを零《こぼ》すように、嘆息した。

「エドワードはサ、いつも黒魔不足を嘆いているだロ? だから、ウチのチェスクが行って大助かりなはずサ。そのチェスクも仕事が充実したって喜んでル。彼は今も律儀《りちぎ》にメールをくれてネ、それを読むのが私は楽しみなんダ」

白状したも同然の答えだ。

諸葉はうれしくなり、

「ソフィー先輩と仲直りしましょうよ。もし今のまま先輩が日本に来ても、それは先輩が大切な故郷を喪《な》くしたってわけで、そんなのもったいない」

「いいヨ、別ニ。そのうちわかってくれるサ。今、口で言ったってどうせ伝わらないヨ。言葉ってのは伝達装置としテ、とても不完全で非合理的だからネ」

アーリンの口調に苦い諦観《ていかん》が混ざる。

人見知りの引きこもりらしい発言と、言わざるを得ない。

「そんな寂《さび》しいこと言わずに。見ず知らずの相手じゃないんですから」

「ハッ。君はソフィーの話通りのお節介《せっかい》焼きだネェ。何の得もないだろうニ、他人の事情にまで首を突っ込んでサ」

「別に俺が特別お節介ってわけじゃなくて、誰でも放っておけないと思いますけどね」

「そんな優しい世界が実在したラ、私も人見知りなんてせずにすむのにネ」

アーリンの切り返しは皮肉と風刺《ふうし》が効いていて、諸葉は一本取られた気分になる。

「けド、マ、ランクSになるような常識外れに、君みたいなマトモな奴がいてびっくりだヨ」

アーリンは苦笑しつつ、大釜をかき混ぜる作業を中断した。

年寄りみたいな仕種で腰を叩くと、台座から跳び下りる。

それからこっちへ振り向いて、手招きした。

「ついて来なヨ。見せたい物があるんダ」

ハテ、と諸葉は思いつつも、断る理由がない。

大釜の裏側、入口の方から死角となる位置に、地下へ降りる階段があった。

アーリンの後を追って諸葉も下っていく。

辿《たど》り着いた地下一階は、まるでビルのフロアのような近代的な空間で、一本の廊下の両側にたくさんのドアが並んでいた。それぞれプレートが掲げられ、「木材」「鉱石」「骨」等の分類が書いてあることから、資材保管庫なのだろうと諸葉は推測する。

廊下の突当《つきあた》りにもドアがあって、アーリンは真《ま》っ直《す》ぐそちらへ向かっていた。

中に入れば、やはり保管庫だ。

四方の壁全てに棚が整然と並んでいる。

ただ、そこに陳列《ちんれつ》されている物を見て、諸葉は目を疑う。

陳列というか、鉄屑《てつくず》が無秩序に散乱しているように見えるのだ。

他に、大事そうな物は全く置かれていない。

(こんなちゃんと使える保管庫を、ガラクタ部屋にするなんてもったいないなあ)

諸葉は眉をひそめつつ、棚の一つに歩み寄る。

そして、置かれていた鉄屑の正体を知った。

認識票の残骸《ざんがい》だ。


《救世主《セイヴァー》》が顕現《けんげん》する武器は、破壊されるとただちに、元の認識票に戻ってしまう。

その時、認識票は破壊された武器と同じ形で欠損《けっそん》している。

諸葉も過去幾度《いくど》となく壊し、見てきた現象だ。


ここに陳列されているのは全て、そうやって破壊されたなれの果てなのかもしれない。

謂《い》わば、認識票の墓地《ぼち》である。

「これを売りつける時にサ、一つだけ注文をつけてるんダ。破損したモノは必ず回収して、ウチに送り返すことッテ。まア、売り手市場だしネ、シャルルのへそ曲がりヤローでもその程度でいちいち反抗したりしなイ」

隣にやって来たアーリンがそう説明した。

「回収してどうするんです？」

「見てテ」

アーリンはポケットからハンマーを取り出し、残骸の一つを軽く叩く。

鉄と鉄が打ち合う、澄《す》んだ音がした。

同時に、残骸は鮮烈な赤い光を灯《とも》した。

音も閃光も一瞬のことだったが、諸葉は確かに目の当《まあ》たりにする。

「綺麗《きれい》でショ？」

アーリンは得意げに言うと、あちこちの残骸を楽器のように叩く。

音が連続して鳴り、様々な輝きが灯っては儚《はかな》く消えていく。

赤だけじゃなく、青、黄、緑、桃、藍《あい》、橙《だいだい》——千差万別に輝き、本当に綺麗だった。

「もしかして……これって通力《プラーナ》の輝きですか？」

「当《あ》ったリー。使い込んだ持ち主の通力《プラーナ》が沁《し》み込んデて、まだ残ってるんだヨ」

このハンマーじゃないと叩いても光らないけド、とアーリンは付け加える。

「私のコレクション。中でも一番気に入ってるのはコッチ」

アーリンが奥の棚の前へ移動する。

そこだけ陳列される数が少なく、特に中央中段にある二つは、大切に飾られていた。

「よく見ててネ？」

片方を、アーリンが叩く。

これまでのものとは格別の、紫光《しこう》が燦然《さんぜん》と輝く。

もう片方を、アーリンが叩く。

地上の太陽と見紛《みまご》うような、白光《びゃっこう》が煌々《こうこう》と輝く。

「わかル？」

ちょっと意地悪げな口調になって、言葉少なく問いかけてくるアーリン。

諸葉は即答した。

「俺とエドワードが使ってた認識票ですか？」

端的に、見覚えのある輝きだったからだ。

「当ったリー。アカネ学園のナントカ校長が送ってくれたんダ」

「先生が？　俺のはともかく、エドワードのまで？」

奇妙なことがあるものだ。

首をひねっていると、アーリンがもったいぶるように語り出した。

「去年の六月にネ、エドワードの奴が日本に行ったんダ。そこであいつハ信じられないくらい強い子どもと出会ッテ、敵対しテ、最後は禁呪《きんじゅ》なんてものまでぶちかまされるようナ、派手《はで》な戦いになっタ」

「ははは……」

その信じられないくらい強い子どもとやらが、いったい誰なのか考えたくもないが、諸葉は乾《かわ》いた笑みを浮かべる。

「それハそレは激しい戦いデ、どっちも武器を失ったみたいでネ。終わった後、戦場に置き去りにされてた残骸ヲ、ナントカ校長が回収してくれたんダ」

「ははは……」

回収のことは知らなかったが、その戦いで壊したことはよく憶《おぼ》えている。

翌日、校長先生のマンションに匿《かくま》ってもらっているところへ、いきなりエドワードがやってきて、ヤバイ武器がない！　と慌てた記憶があるからだ。

「不思議だと思わないカイ？」

「？　何がですか？」

「エドワードとそのナントカ君は、〝夢現《ゆめうつつ》の小さな魔女〟の結界内で戦ってたんだヨ？」

諸葉は息を呑んだ。

あの時は初めて戦うランクSの凄《すさ》まじさと、静乃《しずの》が助かった喜びばかりに気をとられていたが……。よくよく考えればマヤの《夢石の面晶体《フィールド オブ ドリームス》》の中で壊れた認識票なら、諸葉が外に出た時点で復元され、懐《ふところ》に収まってなければおかしいのだ。

「なんで……こんなことになっちゃったんですかね？」

実際ここに現存する証拠品を、諸葉はしげしげと見つめる。

彫金された諸葉とエドワードの名が、砕《くだ》けて割れた認識票から垣間見える。

「仮定だけド、君たちの通力《プラーナ》と通力《プラーナ》のぶつかり合いが凄《すご》すぎテ、結界のキャパシティを超えてしまッテ、その結果『壊れたという確定事象』をリセットできなかったんじゃないカナ？」

アーリンの表現は小難しかったが、感覚的にはうなずける話だ。

先々月に諸葉は、熾場《しば》亮《あきら》と力を鬩《せめ》ぎ合わせ、マヤの結界を崩壊させてしまったばかりである。

「そんな仮定をしながらサ、私はずっと考えてタ――」

アーリンがゆっくりと、リズムよく、片方だけを叩く。

かつて諸葉が使っていた、認識票のなれの果てが白い光を断続的に灯す。

「そんなスゴイことをやってのけタ、この認識票の持ち主ってどんな子なんだろうナって」

アーリンが手を止め、こちらを見つめる。

落ち着いた口調で囁《ささや》くように言う。

「私はずっと君に興味があったんだヨ――モロハ君」

ドキっとするほど大人《おとな》びた顔。

不意打ちだ。

本来、彼女はもうすぐ二十歳の、年上の女性なのだから何も驚く必要はないはずなのに。

いつもの人見知りで、引きこもりで、だらしないアーリンらしさが消え失《う》せていた。

今なら彼女がアメリカ支部長だと言われても、素直に信じられる。

「興味があってモ、がまんしてたんだヨ？　魔神《まじん》級を斃《たお》せたラ、ミラたちが何を企《たくら》んでようト、すぐに返してあげようと思っテ、ビジネスライクに徹《てつ》してたのにサ。モロハ君がそんなに優しくしてくれたラ、私まで君のことを気に入っちゃうヨ。どうすんノ？　責任とってくれるノ？」

「いや……ははは……」

「無理だよネ、わかってるサ。モロハ君は日本に大事なものがたくさんあるもんネ」

アーリンが人差し指で、諸葉の左胸をつついてくる。

諸葉は愛想笑いで誤魔化すのをやめて、真摯《しんし》にうなずく。

するとアーリンはつつくのをやめて、胸に頭を置くようにハグしてくる。

「ごめんネ、こんな遠くまで来てもらっテ」

「俺こそ皆に会えてよかったと、今では思いますよ」

「ありがトう。モロハ君は本当にランクSらしくない奴ダ」

顔を上げ、屈託《くったく》なく微笑《ほほえ》むアーリン。

いい表情だと諸葉は思った。

「君に来てもらう許可を日本支部からとるの二、私はアンドーに頭を下げなきゃいけなくてサ。どれだけ高くついただろうかって不安もあるんだけド……やっぱり君を選んでよかっタ」

冗談めかしているが、実際愉快《ゆかい》な話ではないだろう。

誰にどんな借りを作ってでも、悪魔《あくま》に魂を売ってでも、取り戻したい者がいるから。

アーリンはそれをやったのだろう。

口だけではなく。

メレインのこともまた家族と思っているからこそ。

覚悟を決めたのだろう。

その想いに報《むく》いるためにも――

「全力を尽くします」

諸葉は短く答えた。

力強い口調で。

背筋を伸ばし、肚《はら》を据《す》え、毅然《きぜん》と胸を張って。

SECTION 8

第八章 Come back!

諸葉《もろは》がアメリカに来て十一日目。

暦《こよみ》が変わって三月上旬のとある午後。

ニューヨーク本局に、衝撃が走った。

「魔神《まじん》級探知セリ」の報《しら》せが、ついに日本支部よりもたらされたのだ。

ミラを経由してメールを受け取った局員全員が、ただちに動き出す。

アーリンは開発作業を即座に中断、国家偵察局《NRO》と連絡をとる。

郊外《こうがい》にて研修生の指導をしていたノーマとチキは、自習を言い渡して全速力で帰還する。

ソフィアは志願を許され、二人の後を追う。

コールドスプリング各地で、在宅ワークをしていた本局直下の精鋭《せいえい》たちも集結する。

そして、諸葉もまた戦闘服に袖《そで》を通し、工房へと急いだ。

緊急時にはそこが集合場所になるのだと、あらかじめ聞かされていたのだ。

「奴《やつ》はジョージアに現れたってサ。今、衛星で位置を特定してもらってル」

一番乗りを果たした諸葉に、スマホを耳に当てたアーリンが教えてくれた。

器用なことに、片側でNROのオペレーターと通話し、もう片側で諸葉と会話している。

「近いんですか？」

咄嗟《とっさ》に州の位置まで出てこない諸葉に、アーリンはNROと相談しながら首肯《しゅこう》してみせる。

「その服、どうカナ？」

また逆に、オペレーターの話に耳を傾《かたむ》けながら、諸葉へ声をかけてくる。

「その服」というのはもちろん、いま諸葉が着ている戦闘服のことだ。

亜鐘《あかね》生を含む日本支部麾下《きか》の《救世主《セイヴァー》》全員に、支給されるものとは全く違う逸品《いっぴん》。

ここ毎日、アーリンがずっと研究開発していた例のアレ。

諸葉一人のために仕立てられた、完全な一品物である。

大釜《おおがま》からすくいとった粘土《ねんど》をコネて、インチキ臭く服ができあがった時には正直不安感しかなかったのだが、

「着心地《きごこち》最高です。俺《おれ》の体にぴったりフィットしてるっていうか……」

「そりゃあ、オーダーメイドだからネ」

アーリンが得意げに鼻息を鳴らした。

「でも、そんなので満足しちゃダメだからネ？　それはただの試作一号だからラ。あの時、私の脳髄《のうずい》に降りてきた神ハ、まだまだそんなもンじゃないって今も訴《うった》え続けてるヨ！」

アーリンはきゃらきゃらと笑っていたが、急に口調を真面目《まじめ》に変えて通話相手と話し込む。

「うんウン、了解ダ。移動進路から察するニ、奴の目的は恐らく今までと一緒ってことだネ。ジョージアの子たちにはこっちから報《しら》せるかラ」

全《まつた》く以《も》って忙しいことだが、こなしてしまうのだから舌を巻く。

難しい話を通話で続けながら、二番目にやって来たミラへ身振り手振りで指示を出す。

アーリンは本当に得手と不得手で別人である。

それを受けるミラもまたスマホとノーパソを駆使して、声とメールで各所に指示を下知《げじ》する。

体育館くらい広く、高く、物がなくてガランとした工房が、二人の険しい声で騒然となる。

その間にソフィアやノーマ、チキ、本局直下の精鋭たちが続々集まってきた。

「ジョージアだって⁉」

「はい。恐らくまた、分局を襲撃するために移動中だそうで」

「まっずいなー。あそこも今日は、オコサマたちの研修中だよー」

いずれアメリカ支部を背負って立つだろう、未来の象徴が人狼《ワーウルフ》によって食い荒らされる。

その想像は、諸葉にとっても気持ちのいいものではなかった。

ましてノーマやチキを蒼褪《あおざ》めさせるに充分だった。

「やっつければいいのデス！」

ソフィアが拳を握り、声を張り上げる。

「そうすればみんな助かる、レイは戻ってくる、万々歳《ばんばんざい》デス！」

大柄な彼女の叱咤激励《しったげきれい》は迫力があり、一同は表情を改めて首肯《しゅこう》した。

「よっしゃ！　今度こそやったろうぜ！」

「こっちにはランクSって切り札が二枚も揃《そろ》ってるしねー☆」

「頼りにしてんぜぇ、大将《たいしょう》！」

「それは甘えデス、ノーマ！　チキ！　一人一人がしっかりしなくちゃ足手纏《まと》いになるデス！」

「まあ。これではどっちがお姉さんかわからないわね」

ノーパソから顔を上げたミラが茶化《ちゃか》し、ノーマとチキがぐぬぬと歯噛《はが》みする。

あちこちから笑いが起きる。

厳《きび》しくなるだろう戦いを前に、いい精神状態だと諸葉は思った。

自然体だ。

「さーテ、揃ったみたいだシ出発しようカ」

通話を終えたアーリンが一同を見回す。

ランクAのミラ、ノーマ、チキ。

ソフィア含むランクBの白鉄《しろがね》が十四人。

そして、諸葉とアーリンを入れて、総勢十九名。

そんな中で、ソフィアはアーリンと目が合った時、うつむけて逸《そ》らした。

あの口論以来、ずっと二人はギクシャクしている。

結局アーリンは仲直りしてくれようとせず、諸葉はもどかしいばかり。

しかし、ともあれ今は戦いが先決だ。

ソフィアもそれはわかっているし、さっきの激励《げきれい》を見ればやる気の凄さは伝わる。

またアーリンも咳払《せきばら》いを入れて、一同に向けて語り出した。

「私たちが普段、戦う理由はそれぞれダ。お金が欲しいから、スリルが堪《たま》らないから、かっこいい自分が好きだから、祖国を愛しているから、正義と星条旗《せいじょうき》に誇りを持っているからラ——まア、いろいろあるシ、個人の自由にすればいいサ。その全てを私は認めてあげルゥ。目的が正しいんだから、合理的だよネ」

なんとも彼女らしい、崇高《すうこう》さのかけらもない俗《ぞく》っぽい演説。

「だけド……今日だけは想いを一つにして戦おうカ」

そして、肩を竦《すく》めながら音頭《おんど》をとった。

ソフィアがわだかまりを押し殺して応える。

「皆でレイを取り戻すのデス！」

「そうだ！　オレたちの家族を取り戻せ！」

「レイがいないと、ミラの権力ばっか増えてって息苦しくなるしねー☆」

「まあ。でも確かに、あの子がいないと私も張り合いがないわね」

全員が口々に応えて、大声を出す。

各自に気合いが注入される。

諸葉は本当の意味で、その輪の中に入れなかったけれど。

その熱に当てられるのは、心地よいものだった。

◉

ニューヨーク州からジョージア州まで、どうやって移動するのか？

そこは諸葉の疑問だった。

かの地にあるアトランタ分局まで、聞けば千四百キロも距離があるらしい。

亜鐘学園ならば校長先生の《移ろいの門《トランスポータル》》があるが、あれは万里《まり》の《固有秘法《ジ・オリジン》》であり、誰にも真似《まね》できない。

「すぐにわかるデス。きっと驚くデスよ？」

と、含み笑いをするソフィア。

嫌な予感しかしない。

アーリンを先頭にぞろぞろと、工房の裏口から外へ出る。

そこには小屋があって、アーリンがカードキーで開錠《かいじょう》して入る。

諸葉も小屋の存在は知っていたが、中がどうなっているかは知らなかった。

入ってびっくり、何もない。窓も調度品もカーペットも。

そこへ十九人全員が、窮屈《きゅうくつ》な思いをして入るのだ。

「これは、いったい何の儀式なんですか……？」

「せっかちな男はきらわれるデスよ？」

「ああ……。気をつけます」

脳裏にシャルルの苦虫を噛み潰した顔が思い浮かんだのは秘密だ。

そんな話をしている間にも、床が大きく揺れた。

もちろん、地震ではない。まるでエレベーターのように下降を始めたのだ。

それも超高層ビルに使われているような、高速エレベーター。

「また地下か……」

「うちのボスは地下に何か作るのが大好きだからなあ」

とノーマ。

「そりゃ『地下の秘密基地』なんてワードとか、男の子だったら誰でも好きでしょうけどね。

アーリンさんは女だし、それって合理的なんですか？」

「だよー☆　同じ敷地面積を有効活用するのに、高層建築するより地下を掘った方が、実は安上がりなんだー」

「そんな節約法がっ」

諸葉が感心していると、動く床が最下層に到着した。

そこもびっくり、飛行機のドックのように広い空間になっていた。

本物の、地下秘密基地である。

その中央に鎮座《ちんざ》するのは、青色のブーメランのような形をした機体。

くの字に折れた真ん中前面に、アメリカ支部を示す大砲のエンブレムと「ＡＢＡＭＳ」のイニシャル、さらには恐らく機体名だろう「ＬＡＭＢＤＡ」のロゴが見える。

これもアーリンの発明品か。

諸葉は彼女の工房が体育館ほどに広く、出入り口が倉庫のように大きな理由を知る。何も置いてないので無駄に思えたが、この機体をあそこで作るならば確かにあのサイズは必要だ。

アーリンが機体に近づくと、くの字に折れた真ん中背面のハッチが開き、搭乗口が現れた。

そこから皆で乗り込む。

細長い外見に反し、内部のスペースはゆったりしている。

搭乗口の正面には操縦席があり、アーリンが腰を下ろす。

搭乗口から左右には、斜め奥へ向かってシートが並んでおり、皆が思い思いの席へ座る。

諸葉はソフィアと隣り合って着席した。

「これ、飛ぶんですよね？」

不謹慎《ふきんしん》だと思いつつ、諸葉は内心のワクワクを隠せない。

こんなSFチックな飛行機（戦闘機？）、男の子の味に決まっている。

「もちろんデス。アメリカ支部が誇る超々音速強襲機『ラムダ』と言うデス」

「超々……え？」

不穏な名前が聞こえた気がする。

「シートベルトを着用するデス。じゃないと死ぬデスよ」

ソフィアがそう言いながら、率先《そっせん》して手本を見せてくれた。

諸葉がよく知るシートベルトとは似ても似つかない、むしろ拘束具《こうそくぐ》と呼ぶべきもののしさの頑丈《がんじょう》なベルトをいくつも留めて、体をがんじがらめにしていく。

他の局員たちも淡々《たんたん》と自分の体を拘束していく。

「まさかブーメランみたいにグルグル回りながら飛ぶんじゃないでしょうね……？」

「みんな目が回っちゃうじゃないデスか！　ボスの発明品にそんな非合理な要素はないと言ったはずデス。安心するデスよ」

「していいのかなあ……」

諸葉はやや蒼褪《あおざ》めたがもう遅い。

搭乗口のハッチが閉まり、機体が上斜めに大きく傾いていく。

「発進シークエンスが始まるデスっ。早く着用するデスっ」

「うわあぁ……」

銃を突きつけられ、自分の墓穴を掘らされている捕虜《ほりょ》の気分で、シートベルトを着用した。

アーリンがテキパキ点呼《てんこ》確認しながら、素早く操縦席のボタンを押しまくるので、こっちも急がねばと焦《あせ》らされた。

ぐるぐる巻きになると、改めて不安が込み上げてくる。

窓の類《たぐい》が一切《いっさい》ない密室なのが、余計に不安を駆《か》り立てられる。

進路や外の様子を確かめるためのモニタは、操縦席のところに小さいのがあるっきり。

なるほど、操縦者以外には必要ないよね。合理的だよね。ハハハ……。

「ちなみにこれ、どんくらい速いんですか?」

「巡航《じゅんこう》速度でマッハ六、ジョージアまで約十分の旅デス!」

ソフィアが答えるが早いか、機体が動き出した。

後で構造を聞いたが、地上まで真《ま》っ直《す》ぐ貫く斜《なな》めの滑走路を、発射されるロケットのように驀進《ばくしん》する。

たちまち全身に襲いかかる、想像を絶するほどのG。

「うわあああぁぁぁぁぁぁあっっ」

諸葉は絶叫しながら、堪らず《金剛通《こんごうつう》》を発動した。

アパラチア山脈。

北はカナダからアメリカの南端まで、二千六百キロにも亘《わた》って縦に広がる巨大山脈である。

日本人の感覚からすれば空前の規模と言っていいが、高い山はさほど存在しない。

春になれば、緑濃い山々が複雑にうねりながら、どこまでも続いていく雄大な景色が見られるという。

しかし真冬の今、枝葉は枯れ落ち、山肌は寒々しく覗《のぞ》いている。

一方で山頂部は分厚い雪化粧《ゆきげしょう》で美しく彩《いろど》られている。

そんな山脈の最南端部に位置し、さらに南にはアトランタを望む、標高三百メートルほどの小さな山。その中腹。

葉枯れた木々の間を縫《ぬ》い、雪に覆《おお》われた斜面《しゃめん》を蹴《け》り、両手両足を使って走る一匹のケモノ。

街を目指して疾駆《しっく》する、毒狼《どくろう》の魔神《まじん》の姿がそこにあった。

暗雲の中、ラムダが搭載する感知機により十キロ手前から発見したアーリンは、「総員耐衝撃体勢《たいしょうげき》よろしク！」の号令とともに機体をフルブレーキングさせる。

ブーメラン型のラムダが飛行姿勢を変え、垂直方向へ機首を九十度跳ね上げる。

機体底部全てを使うことで生まれる空気抵抗をも利用し、ラムダが急減速していく。

中の諸葉は冗談じゃない思いだった。

いきなり天井がひっくり返るわ、航行中の比ではないGに苛《さいな》まれるわ、悲鳴も漏らせないほどキツイわと、踏《ふ》んだり蹴《け》ったりである。

しかし、アーリンの操縦技術は見事なもので、ぐぅっと慣性を殺していったラムダは、魔神の頭上五十メートルのところでピタリと停止した。

そう、物理法則を完全シカトしてその場で、機首を天頂に向けたまま浮遊状態になったのだ。

さっきはちゃっかり、空気抵抗なんて物理法則の力を借りたくせに。

乗組員全員が急いでシートベルトを外し、諸葉も倣《なら》う。

「ゴー、ゴー、ゴー、ゴー、ゴー！」

ノーマが野太い掛け声を飛ばし、アーリンを除く全員が移動を始める。

垂直状態で浮遊しているため、背面ハッチを開くとちょうど地上が見下ろせる寸法なのだ。

誰一人臆《おく》することなくそこから飛び降り、生身でスカイダイビングを敢行《かんこう》する。

当然、諸葉も後に続く。

ここにいるのは全員、ランクB以上の白鉄で、地上五十メートル程度の落下なら《神足通《じんそくつう》》と《金剛通《こんごうつう》》を使えばわけもない。

さらにはチキが《螢惑《けいこく》》で上昇気流を起こし、落下の衝撃を和《やわ》らげてくれる。

また、アーリンを残して全員を下ろしたラムダは、さらに百八十度回頭して上下を入れ替えた姿勢になる。

そして、機首先端部が隔離《パージ》された。

ちょうどアーリンの操縦席がある辺りだ。

諸葉たちと一緒に降下し、鋭角な先端部を錨《いかり》の如《ごと》く大地に突き刺す。

精鋭たちが護衛する中、空気の抜ける音とともに扉が二つ開放される。

小さな方から覗いたのは、三メートル超えの銃身を持つ、槍《やり》とも見紛《みまご》うライフル。

先日諸葉にも見せてくれた、対毒狼用に開発した新兵器〝クララ〟。

大きな方から降り立ったアーリンが、それを抜き取る。

総員降下完了。

諸葉たちは人狼《ワーウルフ》の行く手を阻《はば》むため、その進路上に布陣した。

アーリンが銃架《じゅうか》の支えを借りてロングライフルを構えながら、皆に問う。

「オールレディ？」

「イエス、マム！」

「うおっしゃ、燃えてきたぜぇ！」

「この間は袖にしてごめんねー、オオカミさん。今日はトコトンまでつき合ってあげるよー☆」

全員が思い思いの気勢を上げて応える。

決まった号令や唱和がないのが、実にアーリンの組織らしい。

各々《おのおの》が構える武器もバラエティに富んでいる。

認識票《IDタグ》から顕現《けんげん》したのではなく、彼らの個性に合わせて誂《こしら》えられた、アーリンのお手製《アーティファクト》だ。

例外は諸葉の右手の認識票と、ソフィアの大盾《おおたて》だけ。

気合いを漲《みなぎ》らせて待ち構え、三十八の瞳《ひとみ》が一点を見据える。

雪煙《ゆきけむり》を上げて、毒狼の魔神が疾駆《しっく》してきた。

四肢《しし》は太く、逞《たくま》しく、大地を蹴る動作は力強い。


——返せぇ……！


顎《あぎと》を開き、腐《くさ》れた涎《よだれ》を溢《あふ》れさせ、金切《かなき》り声《ごえ》で唸《うな》りながらやってくる。

双眸《そうぼう》が憤怒《ふんぬ》で真《ま》っ赤《か》に染まっている。

剝《む》き出しになった、心臓の如き核《コア》は不気味な黒。

全身からは猛毒《もうどく》の霧が噴き出ている。

ソフィアは臆さず、

「それはこっちの台詞デス！」

ロシア支部譲りの大盾を地面に突き刺し、怒鳴り返した。

諸葉も一つうなずいて、矢のように飛び出していく。

作戦通り、単騎にて先陣を切る。
残る全員は万が一の事態に備え、アーリンを傍《そば》で守り、逃がすための護衛だ。
「来いよ……サラティガっ」
右手に握りしめる金属プレート。
サツキに借り、日本から持ってきた認識票。
顕現するは正真の聖剣である。
通力《プラーナ》を流し、刀身で白い光輝《こうき》の尾を曳《ひ》いて、人狼《ワーウルフ》に斬りかかる。
魔神も四足歩行状態から跳ねるように立ち上がり、右手の爪で襲いかかってくる。
諸葉の斬撃と毒狼の爪撃《そうげき》。
軌道が交差し、そのまま互いにすれ違う。
諸葉の剣は人狼《ワーウルフ》の肩口から脇腹へ、斜《なな》め、深く斬り裂いた。
人狼《ワーウルフ》の爪は諸葉の胸元を、斜め、浅く斬り裂いた。
剣速には自信のある諸葉だが、ここまで速い相手とは滅多に戦ったことがない。
諸葉は残心から即座に振り返り、回転ざまに横薙《よこな》ぎを見舞う。
毒狼も全く同じ速度、同じ動作で爪を薙ぐ。
今度は軌道が衝突して、互いに攻撃を弾かれる。
「ちぃっ」

諸葉はその場に踏ん張り、構わず斬り結ぶ。
袈裟《けさぎ》斬りから逆袈裟に返し、さらに幹竹割《からたけわり》に繋げる、得意のコンビネーション。
深手を負わせ、人狼《ワーウルフ》を覆う体毛に朱線《しゅせん》が走る。
ただし二本。
最後の幹竹割はかわされた。
この毒狼はやはり「眼《め》」がいい。そして、俊敏《しゅんびん》だ。
また魔神級の特性で、心臓代わりの核《コア》から呪力《サターナ》を漏らし、傷を再生させてしまう。

——返せえええええええええっ。

やられるばかりでなく、当然反撃してくる。
左右の爪を本能のままに、乱暴に振りたくる。
なんの工夫もない攻撃だが、とにかく速い。
しかも、クリーンヒットをもらえば諸葉でも危ないほど力強い。
諸葉は右に左に体を振って、フットワークでかわし続ける。
戦闘記録の映像をつぶさに検討し、丹念《たんねん》にシミュレートしておいた成果だ。
それでも〇コンマ一秒気を抜けばやられる。

正直言って紙一重《かみひとえ》の攻防。

さらには、人狼《ワーウルフ》の体から噴き出る猛毒の霧《ウルフズベイン》が諸葉を巻き、呼吸器や皮膚から浸透《しんとう》し、全身を蝕《むしば》もうとしてくる。

諸葉は《内活通《ないかつつう》》をフル稼働させて毒の進行を防ぎ、除去する。

――おおおおらっ返せええええええええええっ。

毒の涎を撒《ま》き散らしながら、人狼《ワーウルフ》が爪を振るってきた。

頭上から叩きつけるような強振《きょうしん》。

諸葉は難なく見切って剣で受け――たたらを踏まされる。、、、、、、、、

《内活通《ないかつつう》》をフルパワーで全身に走らせている分、《剛力通《ごうりきつう》》や《太白《たいはく》》に回す通力《プラーナ》が足りなくなり、結果、力負けしてしまったのだ。

無論、《神足通《スピード》》もガタ落ちだ。

さっきまではできていたのに、人狼《ワーウルフ》の猛攻をフットワークで捌《さば》けなくなる。

紙一重の攻防の均衡《きんこう》が崩れ、押され、破綻《はたん》する。

（これはきつい……っ）

諸葉は内心歯噛《はが》みした。

予測の範疇《はんちゅう》であったが、きついものはきつい。

足が使えなくなり、嵩《かさ》にかかって攻めてくる魔神の爪撃をやむなく剣で受ける、が、人狼《ワーウルフ》はそのままなんと、刀身をつかんでしまう。

つかんで離さず、

――返してもらうぞおおおおおおおおおおっ！


反対の爪を振るってくる！

「モロハ！」

「大将！」

「モロハくん！」

後方に布陣するソフィアたちの悲鳴が聞こえた。

諸葉に応える余裕はない。

「おおおお……っ」

ただ、吼《ほ》えた。

《金剛通《こんごうつう》》で、守りの通力《プラーナ》を左腕に集中。

戦闘服がプラーナに反応し、部分装甲の如く防御に適した形に変わる。

さらに、魔力を左腕に集中。

今日この日のために開発された戦闘服がマーナに反応し、さらに硬化する。

左腕で人狼《ワーウルフ》の爪をブロック。

衝撃。

軽い。

魔女の大釜から生まれたアーティファクトが、「攻めは易《やす》し 守りは難《かた》し」の理《ことわり》を覆《くつがえ》す！

人狼《ワーウルフ》はサラティガをつかんだまま、ムキになったように逆の手で殴りかかってくるが、諸葉は全て左腕でガードする。

「キタァァァァ！ キタキタキタキタキタキィイイイイイトゥアァァァァァァァァ！」

その雄姿《ゆうし》を、アーリンは後方の陣から目撃し、狂喜乱舞《きょうきらんぶ》した。

白鉄《しろがね》に支給される戦闘服は、通力《プラーナ》に反応して護《まも》りを高める。

黒魔《くろま》に支給される戦闘服は、魔力《マーナ》に反応して護りを高める。

どちらもアーリンが紡《つむ》ぐ量産品。

今まで諸葉は前者を着ていたが、それは非効率でしかなかったのだ。

諸葉は世界で唯《ただ》一人、通力《プラーナ》と魔力《マーナ》を自在に操る常識の埒外《バケモノ》。

ゆえに世界で唯一人、神威《かむい》の武具を恣《ほしいま》まに創る常識《バケモノ》の埒外は誂《あつら》えた。

通力《プラーナ》、魔力《マーナ》、いずれでも護りを高め、重ねれば鉄壁となす、世界で唯《ただ》一着きりの戦装束《いくさしょうぞく》を。


手甲《てこう》もかくやに硬化した戦闘服は、諸葉の意をよく酌《く》み、人狼《ワーウルフ》の猛攻を完璧に凌《しの》いでくれる。

どころか、諸葉は右足に通力《プラーナ》と魔力《マーナ》を集め、蹴り上げる。

ただの《崩拳《ほうけん》》の応用だが、戦闘服の裾が鈍器の如く硬化し、打撃力を高めてくれる。

人狼《ワーウルフ》が後方へ吹き飛び、サラティガをつかんでいた手が離れた。

「らあっ！」

間髪《かんぱつ》入れず、諸葉は追撃をしかける。

魔神も体勢を立て直して応戦し、凄《すさ》まじい白兵戦《はくへいせん》の火蓋《ひぶた》を切る。

剣が舞い、拳が飛び、爪牙《そうが》が唸る。

刀身で流し、左甲で防ぎ、呪力《サターナ》で再生する。

次元違いの攻防。

人外魔境の一進一退。

毒煙濛々《どくえんもうもう》たる中、諸葉は白光《びやつこう》の通力《プラーナ》を煌《きら》めかせ、敢然《かんぜん》と戦う。

諸葉以外の何者にも為《な》せぬ、単騎による前線構築。

アーリンが脳裏に描き、作戦に組み込んだ戦術が見事にハマる。

前線が安定すれば、後衛も火力支援に集中できる。

諸葉と毒狼、まさに雲上の領域で一騎討《いっきう》ちを行う両者の間に、一条《いちじよう》の閃光《せんこう》が神雷《じんらい》の矢の如く飛来した。後方より戦場を切り裂いて、アーリンの構える〝クララ〟から発射された、長大なビーム攻撃が精密に、人狼《ワーウルフ》の左胸に収まる黒い核《コア》を直撃する。

細く、細く、収斂《しゅうれん》された大火力が魔神の力の源泉を穿《うが》たんと攻め、毒狼は己の急所を守らんとその核《コア》より超濃密度の呪力《サターナ》を溢れさせる。

わずか一射《いっしゃ》の刹那《せつな》の間に、莫大《ばくだい》な力と力が烈光《れっこう》散らして鬩《せめ》ぎ合う。

灼《や》けつくように眩《まばゆ》い閃光の嵐《あらし》が去り、ホワイトアウトの果てに姿を現した魔神の核《コア》には、傷はおろか罅《ひび》割れ一つ刻まれていなかった。

ただし、漆黒《しっこく》だったその色を、二割ほども褪《あ》せさせている。

まさしくアーリンの試算通りである！

後方に布陣する一同からどよめきに似た歓声が上がり、アーリンが「キタァァァァァァ」と小躍りを始める。

そのアーリンを、毒狼が真《ま》っ赤《か》な瞳でギロリとねめつけた。

今のとんでもない一撃を放った射手に、標的を定めた。

たちまちアーリンはきゅーっと委縮《いしゅく》するがもう遅い。

逃げも隠れもできる場所はない。

――奪《うば》っていったのはおまえかぁぁぁぁぁぁあああああああ！

毒狼の魔神は金切り声を上げ、後方部隊の陣へと突撃した。

四足歩行になって、一瞬でトップスピードに加速する。

諸葉は追わなかった。

追えなかった、ではなく。

(任せましたよ)

後方に控《ひか》える彼女とアイコンタクトし、通力《プラーナ》全部で除毒に専念する。

同時に魔力《マーナ》を高めてスペリングを始める。

一方、後衛部隊では――

「全力阻止《そし》よ！」

ミラが鞭《むち》で地面を叩き、ただちにニューヨーク本局の精鋭たちが飛び出した。

ソフィアが、ノーマが、チキが、さらには十三人のランクB白鉄たちが、人狼《ワーウルフ》を迎え撃つべく次々と躍りかかる。

スピードに個人差があるため、真っ先に出迎えたのはノーマとチキだった。

ノーマは炎を纏《まと》って毒の霧を焼き払い、チキは風を纏って吹き飛ばし、無効化する。

ただし《螢惑《けいこく》》は常態、継続使用できるものではない（織場《しば》亮《あきら》が常識外れなまでに例外なだけで）。二人がウルフズベインのハンデなく戦える時間はごく短く、諸葉が駆けつけるのを待つ間くらいなら食い止められる——そういう計算のもとに立てられた作戦だ。

ノーマのファイアーストレートが毒狼の顔面を打ち、チキの四刀流が胴を斬り裂く。


——返せっつってんのが聞こえねえのかよおおおおおおおおっ。


ところが、毒狼は委細《いさい》構わず両腕を振り回し、二人を薙《な》ぎ払って突破した。

二人にやられるに任せて、相打ち上等でカウンターを見舞ったのだ。

否、本当に相打ちと言えるだろうか？

ノーマたちが浴びせた傷は浅く、すぐに再生されてしまう。

突破を許してしまった方が遥《はる》かに、戦術上の痛手《いたで》である。

二人の攻撃はとるに足らないと、毒狼が知った上での行動としか思えない。

こちらが戦闘記録を元にたっぷり対策を練ったように、この化物《ばけもの》も前回の交戦でノーマたちの戦力を見切り、記憶していた公算が大きい。

げに恐ろしきは知能持つ《異端者《メタフィジカル》》か。

「ノーマ！　チキ！　何を遊んでいるの！」

ミラの叱咤《しった》が飛ぶが、これはいささか酷《こく》だった。

ただでさえ、二人ともディフェンスを得意とする白鉄ではないのだから。

守りの要《かなめ》と目された二人があっさり破られ、残る白鉄たちの間に戦慄《せんりつ》が走る。

毒霧の対抗手段を持たない彼らには、己を肉の壁とする以外に食い止める手段がない。

しかし、それを承知で集まった者たちだ。

強い「家族愛」か忠誠か、彼らは決死の覚悟で身を投げ出そうとする。

最初の犠牲者は誰かと、人狼《ワーウルフ》が右爪を強振したまさにその時、

「ここは任せるデス！」

ソフィアが割って入り、仲間たちを庇《かば》った。

どっしりと構える、透明な大盾。

とんでもない膂力《りょりょく》から生み出される魔神の一撃を、真っ向受け止め、揺るがない。

惚《ほ》れ惚《ぼ》れするほど安定したガード。

凌《しの》がれた人狼《ワーウルフ》は、真っ赤な瞳をジトリとソフィアへ注いだ。

ガードされても構わず、獰猛《どうもう》さを剝き出しにし、毒の涎を撒き散らし、左右の爪を交互に打ちつける。

「望むところデス！」

しかしソフィアは怯《ひる》まない。

シトリンイエローの通力《プラーナ》を盾に注入し、魔神の猛攻を耐え続ける。


それは先日のこと——

諸葉はこう言ってくれた。

「今回の戦い、先輩の力は一つの鍵になり得ます」

最初、ソフィアは信じられなかった。

もちろん足手纏いになる気はないし、レイを救うためなら死ぬ気で戦うつもりである。

だけどソフィアはランクB。

もう少し、あと少しでAになれると周りからも散々言われながら、その壁が突破できないでいる程度の戦力だ。

ランクAでも上位にいるミラ、ノーマ、チキに遠く及ばないのは言わずもがな。

ランクS二人が君臨する戦場で、自分が鍵になれるとは？

「教えて欲しいデス！　モロハの言うことなら信じられるデス！」

ソフィアはすぐにそう考え直し、真剣な眼をして言った。

諸葉もまた真剣な顔でうなずくと、

「完璧な作戦なんてものは、結果論の世界以外に存在しません。今回、アーリンさんたちが考案したものも素晴らしいとは思うんですが、お綺麗《きれい》すぎてあまりに保険がなさすぎる。まして相手が魔神級ともなれば、俺には不安が残ります……」

「だから、ワタシにその保険になれと言うのデスか？」

「察《さっ》しが早いですね。これを見てください」

諸葉はそう言い、魔神との戦闘記録映像を再生した。

「この魔神は、一度目を付けた相手を執拗《しつよう》に狙う習性を持っています」

諸葉の指摘に気をつけて映像を見れば、なるほど、人狼《ワーウルフ》は一度こいつと標的を定めると、他には脇目を振らず襲い続ける。おかげでラッシュをかけられている最中の仲間は、半《なか》ばパニック状態に陥いらされている。

「そこで、戦闘中にこれはマズイという事態が起こった時——一番考えられるのは、アーリンさんを守る最終ラインが突破されることですが——ソフィー先輩には例の盾で魔神級を食い止める役をお願いしたいんです」

「ワタシが割って入ってガードしてれば、こいつの標的がワタシに向く可能性が高いわけデスね！　ワタシががんばって耐えていれば、ずっと引きつけていられるわけデスね！」

「ええ。時間を稼いでくだされば、体勢を立て直すことも作戦に修正を加えることも可能です。この役目は守りの得意なソフィー先輩にしか頼めないんです」

ソフィアは未《いま》だランクB。

しかし、パワーとタフネスにパラメータ激振りの重戦車タイプだ。

そう、「守る」「防ぐ」「耐える」だけでよいなら、ノーマやチキより遥かに優れている。

「うおおおおおおおおおおおっ」

ソフィアは雄叫《おたけ》びを上げて、己を鼓舞《こぶ》する。

毒狼の魔神の猛攻を、凌いで凌いで凌ぎまくる。

大盾のおかげでウルフズベインの直撃も来ず、《内活通《ないかつつう》》に回す通力《プラーナ》も少量ですんでいる。

囮《おとり》でけっこう。役に立てるならなんだってする。

怖くないと言えば嘘《うそ》だ。

魔神の爛々《らんらん》と光る血色の目も、そこに浮かぶ憤怒も、すぐ目の前でガチガチと鳴る鋭い牙も、垂れ流される毒の涎の腐臭《ふしゅう》も、狂乱して叩きつけてくる爪も、膂力も、全てがソフィアの背筋を震わせるに足りる。

まして、この大盾は視野を確保するために、透明にデザインされている。

恐ろしい怪物を眼前で、これでもかと見せつけられる。

それでも――

それでも、レイを取り戻すためならば。

「ワタシは何も怖くないデェエエエエエエエエエス！」

虚勢《きよせい》でもなんでも総動員して、なりふり構わず、泥臭く戦ってやるだけ！

（さすが、先輩。実戦部隊《ストライカーズ》のナンバー3）

諸葉は――自分を勘定《かんじよう》に入れず――ソフィアの奮闘を讃《たた》える。

戦闘記録映像で、ノーマが防戦一方になりながらも、魔神の猛攻を凌ぐシーンがあった。

であれば、よりディフェンスに長《た》けたソフィアに、専守防衛できない理屈はない。

毒狼の突破を許さなかったどころか、害意を一身に引きつけて充分な時間を稼いでくれた。

その間にアーリンはライフルごとミラが抱えて後退し、間合いを仕切り直すことができた。

さらにはその隙《すき》を使い、

「――退廃《たいはい》の世は終わりぬ　喇叭《らっぱ》は吹き鳴らされよ　審判の時来たれ」

諸葉は第五階梯闇術《かいていあんじゆつ》を完成させた。

《黒縄地獄《ブラックゲヘナ》》が顕現する地獄の黒炎を、サラティガに宿らせる。

魔力《マーナ》の上から通力《プラーナ》を注ぎ込み、重ね合わせる。

刀身で白光と黒炎が互いの覇《は》を競うように暴れ、昂《たかぶ》っていく。

源祖の業《アンセスタルアーツ》の太極《インヤン》、《天《ク》をも焦《リ》がす降《カ》魔《ラ》の黒剣》。

諸葉は白黒《びやっこく》の剣を脇に構え、突進した。

タイミングを合わせ、ミラが鞭を打ち鳴らす。

諸葉との手合わせの時にも使った、例の合図だ。

ソフィアは心得たもので、すぐさま全力後退する。

人狼《ワーウルフ》が追撃しようとするが、そんな猶予《ゆうよ》を与える諸葉ではない。

かつて九頭大蛇《くずおろち》を屠《ほふ》った剛撃《ごうげき》を、裂帛《れっぱく》の気合いとともに叩きつけた。

天を衝《つ》くばかりの火柱が立ち昇る。

「すらああああっ」

大気が怯《おび》え、震え、嵐を起こし、周囲の木々を薙ぎ倒す。

大地を深く抉《えぐ》り取る。

ただ一撃でそれを為《な》した、人の皮を被っただけの化物の姿に、蒼褪《あおざ》める者が続出する。

作戦ではアーリンのライフル射撃が主ダメージ源となっていたが、諸葉はそれだけに頼るつもりは毛頭なかった。

諸葉がほとんど一人で前線を支える役目に変わりはないが、わずかなりとも肩代わりしてくれる者が一人いれば、これこの通りアタッカーの役目を果たすこともできる。

この点でも、ソフィアを帯同した意味は大きい。

衝撃と業火が消えた後――巨大なクレーターと化した地面の真ん中で、五体満足な姿を見せる毒狼の魔神。

しかし心臓《コア》の濃度は、さらに一割ほど減じさせている。

人狼《ワーウルフ》はますます憤怒に瞳を染め、諸葉をひたと睨《にら》んでくる。


——トゥーレを返せぇぇぇ！　今すぐ返しやがれぇぇぇぇぇぇ！


左爪を振りかざして突進してくる。

むしろ引きつけるために、諸葉は落ち着いて剣を構えると、

「先輩、《内活通《ないかつつう》》に集中をっ」

ソフィアに除毒するよう指示を飛ばす余裕を持ちながら、人狼《ワーウルフ》の左爪を肘《ひじ》ごと斬って落とす。

すかさず右爪で突いてきたが、これは足捌きで回避。

再び毒の霧に巻かれるが、《内活通《ないかつつう》》を走らせて対抗。

動きが鈍った諸葉を見、人狼《ワーウルフ》は早や再生させた左爪で斬りつけてくるが、これは通力《プラーナ》と魔力《マーナ》で二重硬化させた手甲でガード。


——ガラスを返せっ！　フレブを返せっ！　ヴェルマーレンを返せぇぇぇぇえっっ！

いきり立って攻めかかってくる毒狼の魔神を、諸葉は冷静にいなし続ける。

十合《じゅうごう》、二十合と干戈《かんか》を交える。

するとと後方からミラの檄《げき》。

「ノーマ！　チキ！　作戦指令《オーダー》を変更するわっ。守りはいいから、モロハの援護に回ってちょうだい！」

いい状況判断だ。

護衛役としては二人が通用せず、ソフィアが計算できるとわかった以上、それが的確。

「他の皆はソフィーを中心に防御陣を再編よ！」

加えて、若年のソフィアばかりに負担をかけないケアもする。

「了解だぜ！」

「ラジャー☆」

ノーマとチキの威勢の良い返事を聞き、ミラが鞭を使って旋律を奏で始めた。

手合わせの時に聞いたリズムだ。諸葉はその意図を酌《く》み、《天耳通《てんにつう》》にも意識を傾ける。

単騎、人狼《ワーウルフ》と切り結び、五十合と打ち合ううちに――ミラの奏でる旋律がにわかに激しさを増し、最高潮を迎える。

（ここ！）

諸葉は《神足通《じんそくつう》》を用い、頭上へ高く跳躍した。

いきなり標的が消え、人狼《ワーウルフ》の爪が大きく空振りした。

そこへ諸葉をブラインドに使って、ノーマが渾身《こんしん》のダッシュパンチ！
鞭の打擲音《ビート》を利用して、後方から指揮を執《と》るミラ。
その指示に従った、諸葉とノーマの連携炸裂《さくれつ》である。
今のパンチのために、通力《プラーナ》を練りに練っていたのだろう。
毒狼は両足の爪を地面に立てて踏み堪えようとしたが、大きく後へずり下がっていく。
「——炎は平等なりて善悪混沌一切合財《こんとんいっさいがっさい》を焼尽《しょうじん》し　浄化しむる激しき慈悲《じひ》なりっ」
そこへ滞空中の諸葉が《猛火《ブレイズ》》を放つ。
今度は早撃ち重視の第二階梯だが、下手な黒魔の第三ほどの火勢がある。
頭上から炎が降り注ぎ、地面の雪を溶かし、木々に燃え広がる。
だが人狼《ワーウルフ》は凄まじい反射神経を見せ、寸前にジャンプして免《まぬが》れていた。
「遠慮せずに温《あ》ったまっていきなよー☆」
すかさずチキも跳躍し、横合いからキックを見舞う。
いくら人狼《ワーウルフ》が俊敏だろうと空中ではかわせないし、怪力を以ってしても踏ん張れない。
闇術の猛火の中へ叩き込まれる。

——がえぜえええええええええ！

人狼《ワーウルフ》は口元を焼き爛《ただ》れさせながらも、強烈な息吹で炎を消し飛ばした。

その妄執《もうしゅう》じみた姿に、ノーマとチキがぶるっと震える。

しかし容赦《ようしゃ》も斟酌《しんしゃく》もなく、アーリンの二射目《ビーム》が魔神の左胸を撃つ。

再び烈光と瘴気《しょうき》が鬩ぎ合い、黒い核《コア》に蓄えられた呪力《サターナ》をさらに二割消費させる。

さしもの毒狼も身悶《みもだ》えし、苦しみ喘《あえ》ぐ。

戦場後方にて――

「うふふひひ。えへへひゅひゅひゅひゅ。うひゅっ、うひゅひゅっ、むひゅひゅひゅひゅひゅひゅ」

アーリンは銃架《じゅうか》に掛けた〝クララ〟を構え、一人でほくそ笑んでいた。

傍でミラがもの言いたげな顔をしているが気づかない。

「君はとってもいい子だネ～。そ～ラ、よシよシ～」

ライフルスコープを覗き込んだまま銃身に頬《ほお》ずりし、また撫《な》で続ける。

既《すで》に二射かまして二射とも命中。

魔神の核《コア》のど真ん中を射抜いてやった。

威力の試算も完璧で、装填弾《そうてんだん》三発を残し、毒狼は心臓の呪力《サターナ》濃度を半減させている。

今日この作戦のために創った銃が、期待通りの戦闘力を発揮し、戦果を上げてくれる。

開発道楽の冥利《みようり》に尽きるとはこのことだ。

諸葉にとくとくと語り聞かせた通り、この新型ライフルは人狼《ワーウルフ》の「眼」でも見て回避できない弾速を持つため、標的をスコープの照準《レティクル》に捉《とら》えて引き鉄を絞れば必中する。

それを聞いて諸葉は、「《天眼通《てんげんつう》》を持たないアーリンに、高速戦闘領域下の人狼《ワーウルフ》を照準に捉えることができるのか？」と指摘した。

その懸念《けねん》はもっともである。

しかし、そんな程度も配慮できないアーリンではない。

この新型にはズバリ、オート予測射撃機能を搭載してある。

スコープを覗いてるだけで〝クララ〟が勝手に毒狼の行動予測をし、「ここは当たる！」という瞬間が訪れたら報せてくれる、お利口さんに仕上げたのだ。

戦闘記録映像を分析して、この魔神の動きは極めて素直で単調だと判明した。

さらに動きのパターンを解析して暴き、アルゴリズムとして落とし込むことにも成功した。

アルゴリズムができればオート予測プログラムを作るのもすぐ。

無論、口で言うほど簡単なことではなかったが、アーリンは難しければ難しいほど滾《たぎ》る女だ。

変態だ。インディアナの敗戦後、諸葉の到着まで数日間、不眠不休で脳漿《のうしよう》に降りた発明の神とラテンダンスし、完成に漕《こ》ぎ着けた。

その苦労の甲斐《かい》が、いま結ばれたのである！

アーリンは頼れる皆に守ってもらいながら、ひたすらスコープを覗いているだけでいい。

鼻歌を歌ってようが、気持ち悪い笑みを浮かべてようがオールＯＫ。

何も捉えていないスコープ内の、十字の照準《レティクル》が突如「ＳＨＯＯＴ」の文字に変わる。

そうしたらアーリンはトリガーを引く。

そうしたら人狼《ワーウルフ》の黒い心臓が、まるで吸い込まれるようにスコープの中へ入ってくる。

発射、着弾、狙った獲物は外さない――という仕掛けである。

残る三発も必ず当たり、魔神は滅び、元気なレイが帰ってきてくれるだろう。

アーリンはそう確信して、ほくそ笑みながら「ＳＨＯＯＴ」の合図を待った。

前線、諸葉はいくつも残像を作り出し、毒狼を翻弄《ほんろう》しながら斬り刻む。

ノーマとチキが隙を見ては援護に入るが、実質ほとんど必要としていない。

諸葉の戦いぶりはまさに獅子奮迅《ししふんじん》というしかなく、アーリンは安心して見ていられる。

「これハ勝ったネ」

隣に同意を求めると、ミラは慎重な面持《おもも》ちになりながらも小さくうなずく。

「レイが帰ってきたらサ、おめでとうパーティーを開かないとネ」

そこでこのライフルの性能自慢を、延々《えんえん》としてやるのだ。

渋面《じゅうめん》になるレイの様子がありありと瞼《まぶた》に浮かび、うれしくなってくる。

やがて――

毒狼の魔神が棒立ちになった。

諸葉に斬られるのも構わず、途方に暮れたように立ち尽くす。

他の《異端者《メタフィジカル》》と違い、知能を有するという魔神級だ。

己の敗北を悟り、諦《あきら》めたのか？

アーリンは怪訝《けげん》に思いつつも、もしそうならば早くとどめを刺してやるのが情けというもの。

手動で毒狼の心臓に照準を合わせ、「ＳＨＯＯＴ」の文字を確認し、引き鉄に指をかけた。

その時だ。


――どうして返してくれないんだよぉぉぉ……。


うなだれたままの魔神が、低く唸った。

しとどに溢れていた涎が止まる。

噴き出していた毒の霧も完全に消える。

代わりに左胸の核からもっと黒く、もっと濃い呪力《サターナ》が溢れ、まるで白鉄が通力《プラーナ》を纏うように瘴気を全身へ巡らせる。魔神にとっては命にも等しいはずのそれを垂れ流しにする、おぞましい執念を目の当たりにさせられる。

異変はそれだけにとどまらなかった。

頭と言わず首と言わず胸と言わず腹と言わず四肢と言わず、体毛を掻《か》き分けるように――

その下から無数の目が開き、出現したのだ。

「なにアレキモッ」

アーリンは反射的にトリガーを引いた。

毒狼変じて、百眼狼《ひゃくがんろう》の魔神が何を目論《もくろ》んでいようが、照準は心臓を捉えているし必中だ。

必中のはずだった。

しかし！　魔神は右へと身じろぎし、アーリンの放った光の魔弾はわずかに逸れてしまう。

「かわされタ⁉　ウソッ！」

こんなの計算にない。

五発全弾当てなければ百眼狼の核は破砕できないから、大狂いだ。

「ちぃっ」

諸葉が舌打ちし、人狼《ワーウルフ》へ上段から斬りかかる。

だが魔神は百目をギョロつかせながら、その斬撃を完璧にかわしてしまう。

さっきまでなら、この人狼《ワーウルフ》がいかに機敏で「眼」がいいからと言って、冠絶した諸葉の剣を回避するのは難しかったのに。

「うそだヨ！　うソうソうソうソうソ！」

アーリンは狼狽《ろうばい》しながらスコープを、親の仇《かたき》でも睨むように覗き込む。

「こういう時こそ落ち着きなさいっ」

すぐ傍からミラの叱責が飛ぶが、聞こえていない。

照準《レティクル》が「SHOOT」の文字に変わり、躊躇《ためら》いなくトリガーを引く。


——いやだぁぁぁぁっ。返せ返せ返せ返せ返せぇぇぇぇぇぇぇぇぇ！


人狼《ワーウルフ》の百の目が、ギョロリと一斉に動く。

アーリンには認識できない刹那《せつな》の世界で、その百の視線ははっきりと、銃口より放たれたビームの弾道を捉えている。

身をよじり、左腕を上げたその脇を、空《くう》を、光の矢が貫いていく。

そして、
常人にも観測可能な時の流れで、アーリンは虚《むな》しく外れたその軌跡を呆然《ぼうぜん》と見送った。

「視《み》て……それから回避できるようね……」

ミラも愕然《がくぜん》と独白する。

他の仲間たちも、ノーマも、チキも、及び腰になる。

にわかに信じがたいことだが、他に現象を説明できない。納得するしかない。

二発も弾を外してしまった。

作戦は根本から破綻。
アーリンの両手が、〝クララ〟から離れる。
悄然《しょうぜん》と肩を落とす。
撤退《てったい》――その言葉が、口を衝《つ》いて出そうになる。でも、

「まだやれるっ！　諦めるなっ!!」

獅子吼《ししく》にも似た諸葉の叱声《しっせい》が、戦場全体に轟《とどろ》いた。
アーリンは打たれたように顔を上げる。
「マ、まだって言うけド、どうやってだヨ……」
弱音《よわね》を吐き、すがるように諸葉を見つめる。
地上の太陽もかくやの皓《しろ》き通力《プラーナ》を身に纏い、闘神《とうしん》の如く戦い続けるその姿。
それはまさに希望の星か？

諸葉は裡《うち》に宿る七つの門から、より多くの通力《プラーナ》を汲《く》み上げ、燦然《さんぜん》と燃やした。
確かに魔神は変貌し、より怖るべき「眼」を手に入れた。

しかし代わりに核《コア》から呪力《サターナ》は垂れ流しになり、毒霧も失った。

諸葉は《内活通《ないかつつう》》にラストスパートをかけ、体内を蝕む最後の毒を浄《きよ》め落とす。

そして、今まで半分眠っていたようだった《剛力通《ちから》》と《神足通《はやさ》》に活《プラーナ》を入れる。

全開の諸葉となって攻めかかる。

袈裟に斬り、百眼狼に「視て」かわされると、すかさず斬り返す。

一太刀《ひとたち》で当てられぬなら、二太刀《ふたたち》で断《た》つ。

連携を駆使《わざくし》し、魔神の「眼」を超える。

刀身が人狼《ワーウルフ》の胴を裂き、黒い血風《けつぷう》が舞う。

さらには——

「ソフィー先輩、上がって！」

人狼《ワーウルフ》から目は離さず、後方に向かって叫んだ。

アーリンが呆然自失となっている今、百眼狼がそちらに目を向ける恐れはない。

憤怒は全て、目前の脅威《もろは》に釘付《くぎづ》けだ。

ならばこの一時《いっとき》、後衛《こうえい》の守りは必要ない。

「了解デス！」

打てば響くようなソフィアの返答。

実戦部隊《ストライカーズ》で日夜ともにトレーニングをした彼女だ、諸葉の意図を理解してくれ、大盾を構えて突進してくる。

諸葉と百眼狼の間に割って入り、カバーしてくれる。

狂乱する魔神の猛攻を引き受けてくれる。

「綴《つづ》るっ――」

大きく、逞しい先輩の背中を見つめながら、諸葉は左手でスペリング開始。

絶望の地よ　骨凍《ほねし》む空よ　そなたの息吹《いぶき》を貸しておくれ　魂すらも凍《こご》えさせておくれ
盛者必滅《しょうじゃひつめつ》は世の摂理《せつり》　神の定め給《たも》うた不可避《ふかひ》の宿業《しゅくごう》
水が低きへと流るるが如《ごと》く　全ての命《ねつ》を奪っておくれ
時すらも凍《い》てついたが如く　全てが停まった世界を見せておくれ
我は理解を拒《こば》む者　絶対のみを求める者
誰にも壊されることなく　壊す者すら存在しない永劫《えいごう》の美を、極点を　見せておくれ

氷の第六階梯を剣に重ね、太極《インヤン》。

《日輪呑み降す常夜の白剣《エクシュキシュ》》。

完成と同時に、ソフィアが右へ大きく跳《と》んで逃げる。

合図など必要ない、諸葉の詠唱が終わった時がスイッチのタイミングだ。

百眼狼は習性で、ソフィアを追おうとした。

「させるかよっ」

そこへ諸葉は烈氷《れつひょう》の太極《インヤン》を叩きつける。

「眼」のよさも俊敏さも関係ない、広範囲に亘《わた》って吹き荒れる魔力《マーナ》の冷気と白き通力《プラーナ》が人狼《ワーウルフ》を呑《の》み込み、滅多《めった》打ちにする。

ノーマやチキ、作戦失敗と見なして及び腰になっていた者たちが、目を丸くするほどの思いきりのよさ。

それも当然。

諸葉は最初から、この作戦だけを盲信《もうしん》していなかった。

アーリンの弾が一発、二発、外れようとも構わぬように、諸葉自身も攻める気だったし、だから大魔法を重ねる太極《インヤン》を放った。

だから、その補助役としてソフィアに帯同を願った。

荒れ狂う白き死の嵐が去り、体中の体毛から小さな氷柱《つらら》を垂らす人狼《ワーウルフ》の姿が現れる。

心臓の呪力《サターナ》で凍結状態から無理矢理再生するが、コアの色が見る見るうちに褪《あ》せていく。

「もう一撃、叩き込むデス、モロハ！」

大盾を構えたソフィアが戻り、百眼狼の魔神の前に敢然《かんぜん》と立ちはだかる。

その「妹」の雄姿を見て、怖気《おじけ》づいていたノーマとチキも奮《ふる》い立つ。

「時間稼《かせ》ぎぐれえオレにもやらせろやぁ！」

「オニさんこちら、ってねー☆」

百眼狼に半《なか》ばまとわりつくように、二人で交互に攻める。

ノーマがジャブを放ち、チキが刃を四閃《しせん》させる。

人狼《ワーウルフ》は驚くべきことにその全てを見切り、俊敏に回避してしまう。

そのまま突破し、雷《いかずち》の第六をスペリング開始していた諸葉の方へ突っ込んでくる。

「させないデスよ！」

その進路にソフィアが盾を構えて割って入る。


――かぁぁぁぁぁぁえぇぇぇぇぇぇせぇぇぇぇぇぇぇぇ……！


ならばと百眼狼の魔神は裂けんばかりに顎《あぎと》を開き、ソフィアへ襲いかかった。

その鼻面《はなづら》を叩くように盾で受ける。

怒り猛《たけ》った人狼《ワーウルフ》が右爪を叩きつけてくるのを受ける。

防がれるのも構わず、左爪を叩きつけてくるのを受ける。

狂戦士《バーサーカー》の如き乱打を、ソフィアは受けて耐え続ける。

誰にも真似できない速度で、諸葉のスペリングが四行目へと差し掛かる。

が、
バキン、と。

ソフィアの盾に亀裂が走る音が、やけに大きく響いた。

百眼狼がここぞとばかり、両手の爪をその亀裂に突っ込み、大盾を左右に割り裂く。

守りを失ったソフィアへ狂喜して襲いかかる。

「先輩っ」

諸葉は躊躇《ちゅうちょ》なくスペリング中の闇術《あんじゅつ》をキャンセル。

剣を構えてカバーに入ろうとする。

ところが、ソフィアは――予想だにしない行動に、出る。

「チャンスっ、デーースっっ！」

人狼《ワーウルフ》が、両爪を振りかざして跳びかかってくるところへ、なんと逆に跳びつく。

「こいつの動きは、ワタシが封じるデーーーース！」

ハグするように組み付く。


パワーだけなら誰にも負けない自信があった。

今、その自信の総《すべ》てを振り絞り、ソフィアは人狼《ワーウルフ》を拘束《こうそく》する。

百眼狼の魔神は暴れ、恐ろしい膂力で振りほどこうとするが、それ以上のパワーで捻《ね》じ伏せ、押さえ込む。

タフネスだけなら誰にも負けない自信があった。

今、その自信の総てを振り絞り、ソフィアは耐える。

百眼狼の魔神はソフィアの肩口に噛《か》みつき、両爪でソフィアの背中を掻《か》き毟《むし》るが、歯を食いしばって我慢する。

辛《つら》い。痛い。

もう無理だ。抑《おさ》えきれない。

脳裏をよぎるそんな弱音を、ソフィアは想いで叩き伏せる。

大事なのは心。

心を燃やせば、通力《プラーナ》なんていくらでも湧《わ》いてくる。

《救世主《セイヴァー》》に必要なのは、才能じゃなくて根性《こんじょう》だ。

師匠《レイ》の教えが助けてくれる。


——チェスクを返せええええええええええええ！

魔神が絶叫する。

「おまえこそ……レイを返せえええええええええええええええええええええ!!」

ソフィアはもっと声を張り上げる。

心が無限に燃え上がるようだ。

もう痛くない。

もう弱音なんか吐かない。

声の限りに叫んだ。

「今しかないデス！　ボス、撃ってーーーーーーーーー!!」

戦場に響き渡る、ソフィアの悲壮《ひそう》な叫び。

アーリンは途方に暮れていた。

ただでさえ二発を外して作戦が破綻したというのに、そこからさらに戦況が目まぐるしく動きすぎて、思考が追いつかない。

研究者であり発明者である彼女の領分は、充分な時間を与えられた上での分析、推測、立案。

本質的には現場の人間ではない彼女の欠点が、露《あら》わとなってしまっている。

あげくこの状況だ。

「う、撃てるわけないヨ！　ソフィーまで死んじゃうじゃないイ！」

アーリンには平凡すぎるほどに穏当なその台詞を、反射的に怒鳴り返すのが精一杯だった。

「ワタシに当たらないように撃てばいいのデス！」

「無茶《むちゃ》言うなよォ……」

アーリンはヤケクソになって〝クララ〟を構え、スコープを覗き込んだ。

しかし案《あん》の定《じょう》、人狼《ワーウルフ》が暴れ、ソフィアとの位置がくるくる入れ替わり、撃てば誤射を免れない。魔神の心臓だけがスコープに入った瞬間を見極める「眼」などアーリンにはないし、このライフルにオートで味方を避ける機能は積んでない。

アーリンは冷や汗をどっぷりかきながら、トリガーに指を添《そ》えては離しを繰り返す。

「早く！　早く撃つデスっ。こいつを斃《たお》したくないんデスか⁉」

「やっつけたイに決まってるだロー！　だから離れるんダ……っ。それじゃ撃てなイっ」

「いやデスっ。こんなチャンス、離さないデスっ。ボスも覚悟を決めるデスよ！」

背中と肩口から真っ赤な血を流しながら、ソフィアが非難するように叫ぶ。

「どんな結果になっても、レイを取り戻せるならワタシは本望デス！」

いっそ諸共《もろとも》に撃てと、ソフィアが訴《うった》えてくる。

一時は勝利を確信したのに、どうしてこんなことになってしまったのか。

「どうしてデスか⁉ せっかくボスが発明した〝クララ〟の凄さを、実証したくないのデスか っ? ワタシのことなんか気にせず、ボスはそれだけ集中すればいいだけデス!」

「実証なんかよりソフィーの方が大事に決まってるだロ!」

「心にもないこと言わないで欲しいデス、〝工廠《アーセナル》〟アーリン!」

ソフィアの叫びが胸に突き刺さり、アーリンはくしゃっと顔を歪《ゆが》める。

(ほらみロ、言ったって何も伝わらなイ……)

言葉という伝達方法はなんとポンコツか。

口にした意味とは真逆に捉えられるこの不合理に、なぜ皆は耐えられるのか。

「私はただ、ソフィーもレイも、みんな失いたくないだけなのニ……」

まるで幼い迷子のように、アーリンは周囲を見回した。

ミラたちは黙って首を振るだけで、やはり答えを見いだせない。

前線ではノーマとチキも、迂闊《うかつ》に攻撃できなくて手をこまねいている。

諸葉だってどんなに絶大な破壊力を持っていても、ソフィアを巻き込まずに魔神だけを討つのは不可能だろう。

そう思っていたのに――

「ええ……失うなんて絶対に駄目だ」

「無理だヨ……」

その諸葉が、いつの間にか傍まで駆け寄っていた。

銃架を蹴倒《けたお》し〝クララ〟の銃身をつかんだ。

一丁のライフルを挟んで隣り合う少年を、アーリンは見上げる。

諸葉は前を、百眼狼をひたと睨み据えている。

「何一つ失っちゃいけない。何一つ奪わせちゃいけない。そんなの絶対に許しちゃいけない」

一言、一言、噛みしめるように呟く。

その横顔は凄味《すごみ》を湛《たた》え、畏《おそ》ろしいなんてものじゃなかった。

「狙いは俺がつけます。だから、アーリンさんは引《ひ》き鉄《がね》を」

「デ、できるノ……？」

「スコープに心臓だけ捉えて、先輩を入れないようにすればいいんでしょう？　や、や、やります」

この畏《おそ》ろしい少年が、味方してくれることが泣きそうなほど頼もしかった。

全ての《救世主《セイヴァー》》に頼られ、背負ってみせてこそのランクS。

ゆえにアーリンはいつも頼られ、背負ってきた。

だけど今、自分はこの男に頼ってもいいのだと、背負ってもらっていいのだと、理屈抜きに直感した。

（そうだヨ……。言葉なんて非合理的なもの使わなくてモ、伝わるものはあるんダ。私もソフィーに言葉以外で伝えなきゃいけないんダ）

アーリンは姿勢を変え、正しく銃を構え直す。

（私はソフィーも、レイも、どっちも失いたくなイ……！）

だから、

「手伝ってテ。お願いだヨ、モロハ君」

「カウント3で」

諸葉と二人、左右からロングライフルを構える。

スコープを覗くのは諸葉の役目。

アーリンはもう目を閉じ、神へ祈るような気持ちで引き鉄に指を添えるだけ。

己の裡《うち》の妖精力《レプレカーナ》を高めるため、集中、集中、集中――

二人で声を合わせて数える。

3

2

1

発射《SHOOT》。

ロングライフルの銃口が火を噴《ふ》き、眩いばかりの閃光が迸《ほとばし》る。

それは悪魔《あくま》を滅《めつ》す光。それは焼き浄める輝く炎。それは神罰の矢。

亜音速《あおんそく》で戦場を切り裂き、奔《ほとばし》るそれを、半《なか》ば動きを封じられた人狼《ワーウルフ》にかわす術などない。

射抜《いぬ》く。

ソフィアの肌すらかすめることなく。

魔神の核《コア》だけを正確に。

真《ま》っ直《す》ぐに。

皆の想いを、一点に代行し、体現するように。

それで、終《つい》。


死闘の後、討伐《とうばつ》隊の総勢十九名は休むこともなく、ニューヨークへ取って返した。

ラムダでコールドスプリングの本局まで帰還すると、今度は「走る三角錐《デルタ》」を引っ張り出すソフィア。

マンハッタンの病院までぶっ飛ばす。

無論、魂を取り戻したメレインに、会いに行くためだ。

フラヴィも石動厳《いするぎげん》も、すぐには意識が回復しなかった。諸葉は説明したのだが、ソフィアは耳を貸さない。

「だったら目が醒《さ》めるまで付き添って、おはようと言ってあげるデス！」

単純明快《シンプル》を好む彼女らしい言葉。

ならばと諸葉もつき合うことにした。

再会の邪魔をするのは悪いかと一瞬思ったが、メレインの意識が回復するまでの数時間、話し相手がいた方が付き添いも気が滅入《めい》らないだろうと考え直したのだ。

デルタの運転席で、大きくて弾力に富んだソフィアの肢体に包まれるようにして、マンハッタンまでの道のりを揺られるのは悩ましかったが、どうにか心頭滅却した。

あらかじめミラから聞いていた、総合病院に到着。

駐車場に停《と》める時間ももどかしそうに、ソフィアはドアを跳ね開けて飛び出していく。

妙ちくりんな物体が走ってきて周りの目を引いたが、気にしている余裕はない。

全部で四つの棟《とう》を持つ大きな病院で、メレインが保護されている病室は一番奥の方だと、総合案内で聞く。

ソフィアはますますもどかしげに走り出す。

「あの、先輩、病院内を走るのはどうかと……」

「それもそうデス！　だったら歩いて急ぐデス」

ソフィアが競歩の要領でさかさか歩く。

身長もあれば足も長く、歩幅が広いのでかなり速い。

諸葉は置いていかれないようにするので必死だった。

いくつもの廊下を進み、三つの連絡通路を渡り、各診療科の受付を横切り、患者を避《よ》けてジグザグに歩き、看護師に速足も睨《にら》まれ、待合所の前を越え、喫煙所の前を越え、自販機置場の前を越え――

「よお、ソフィーじゃん。おひさっ」

「レイ⁉」

――かけたところで、コーラを飲んでいるメレインに呼びかけられた。

諸葉もソフィアも思わずつんのめり、ずっこけそうになる。

それを見たメレインが「おいおい、廊下は静かに歩けよ」と大笑い。

いや、諸葉は初めて会う相手なのだが、二人のやり取りから、彼女こそがメレインだと察するに余りある。

ソフィアとあまり変わらない大柄な白人女性で、ソフィアよりは引き締まった筋肉質の体型。

口調と物腰は気さくを通り越してがらっぱち。

でも、姐御肌《あねごはだ》な雰囲気を持つ人だった。

「どうしてこんなところにいるデスか⁉」

体勢を立て直したソフィアが抗議を叫ぶ。

「なんでって、喉《のど》乾いたからじゃん」

メレインがコーラを掲げてみせる。

「ベッドで安静にしてないとダメだと言ってるのデス！」

「つってもアタシ、どこも悪くないぞ？　今日も目覚め快調！　なのに起きたら病院だし、ソト雪降ってるし、びっくりしたもんよ」

「びっくりしたならフツー、看護師を呼んで説明を聞くデス！」

ソフィアが咎め、諸葉も内心同意。

「ぎゃはは、かったりぃよ」

メレインはコーラを飲みながら笑うだけ。自由な人だ。

「心配した自分がバカみたいデス……」

額を押さえるソフィア。

「おまえに心配されるほど、アタシは落ちぶれちゃいないさ」

「自分がどんな大変なことになっていたかも知らずによく言うデス！」

ソフィアが全力でツッコんだ。

メレインのことを皆がどれだけ心配し、取り戻すためにどれだけがんばったかを考慮すれば、これくらいの激昂《げきこう》は当然のことだろう。うう－、と涙目になって睨むソフィアを見て、メレインもなんとなく事情を察したのか、ばつが悪そうに頭をかく。

「わかったよ。真面目《まじめ》に聞くから説明してくれ。アタシはどうなってたんだ？」

殊勝《しゅしょう》な態度になる「姉」に、ソフィアはとくと語り聞かせた。

自販機置場のすぐ傍にあるベンチへと場所を移す。

メレインも神妙な態度で聞き入っていたが、

「……おまえ、脚本家になってアタシを養ってくれよ……って言いたいとこだけどね」

いきなり諸葉の方をじろじろ見てきて、

「あんたとは初めて会うよな？　でも、アタシはさっき見てた夢の中で、あんたと戦ってたよ。つまり、あれは現実のことだったたってわけだ」

そういう風に納得した。

「わかればいいデス。どんな後遺症があるかもわからないし、ベッドに戻るデス」

「あと一本飲んでからな」

「ダメデス！」

ソフィアは警告！　とばかりにビシっと指を突きつけた。

「やれやれ、おまえって案外、年食ったらミラみたいになんのかもね」

「ミラのことは尊敬してるデス」

「皮肉だっつーの」

メレインがぼやきながらもしかし、ソフィアの言葉に従って立ち上がる。

ソフィアも立って、二人で向かい合う。

しばし互いに見つめて、

「実感ねーけど夏以来……ってことになんのかな、ソフィー。また背が伸びたんじゃないか？」

「レイなんかとっくに追い越してるデス」

再会を喜んで抱擁《ほうよう》を交わした。

ソフィアが身長のことを言われても怒らないのが諸葉は驚きで、そんなところから、この二人の間にある深い絆が感じとれた。

「そろそろ戻るデスよ。しばらくは検査入院だってミラが言ってたので、覚悟するデス」

「退屈で死んじまうかもなぁ。明日も見舞いに来てくれよ、ソフィー？」

「毎日会いに来るデス。レイが退院しても毎日……これからはずっと会えるデス。ワタシももうすぐ卒業デスから」

「……おまえ、日本には残らないのか？」

「卒業したらアメリカ支部に入るって、ずっと言ってるはずデス」

ソフィアの、メレインを抱きしめる腕に力が入る。

「無理すんなよ。アタシらに遠慮なんかしなくていいんだぞ？」

「レイこそ無理すんなデス。ワタシがいなくなったら寂しいくせに」

「バーカ。アタシはそんな子どもじゃないさ」

メレインは抱きしめたまま右腕を伸ばして、ソフィアの頭をぐしゃぐしゃ撫でる。

「行っちまえよ、おチビちゃん。アタシとボスとミラがいれば、アメリカは安泰《あんたい》だ。ソフィーがアタシらのこと恋しくなった時だけ、里帰りしてくりゃいいんだよ。それ以上はお互い見飽きちまうさ。倦怠期《けんたいき》まっしぐらさ」

大人の顔つきになって、ソフィアの耳元で囁《ささや》く。

脇で聞いている諸葉の胸にまで、染み入るように深い囁き声と口調で。

嘘をついているようには諸葉にも聞こえなかった。

でも――


「レイは嘘つきデス……」

そう、諸葉も、ソフィアも、もう知っている。

「レイの優しい嘘が、ワタシは大好きデス……」

だから、離れたくないのだと。

ソフィアは一層抱きしめながら、囁き返した。

「……ソフィー」

抱きしめ返すメレインの腕が、ピクっと震える。

諸葉同様に、今のソフィアの囁き声と口調から、感じとったのだろう。

メレインのことが大好きで、アメリカ支部に帰りたいというソフィアの言葉に嘘はない。

でも結局、日本への未練が断ち切れたわけではないのが――

陽気な彼女らしくない、湿《しめ》っぽい声音に――

ありありと滲《にじ》み出てしまっていたのだ。

「…………」

メレインはソフィアを気遣わしげに見つめ、何度も躊躇《ためら》い、しかし最後は諦めたように、一層強く抱きしめた。

まるで二人ともが「これでいいんだ」と自分を納得させるような、そんな抱擁だった。

諸葉はついと目を離す。

哀《かな》しすぎて、これ以上見ていられない。

ベンチを立ち、そっと会釈《えしやく》を残して一人去る。

外に出て、敷地を抜けて、駐車場のデルタのところまで戻ると、ケイタイを取り出す。

「もしもし？　ああ、ミラさん。そこにアーリンさんはいますか？　ちょっとご相談が――」

ほどなくして電話口へ、ミラと代わったアーリンが出てくる。

少し話し込む。

『君ってどこまでお節介焼きなのかなア?』

アーリンはそう呆《あき》れつつも、快《こころよ》く相談に乗ってくれた。

EPILOGUE

エピローグ

諸葉《もろは》がアメリカに来て十二日目の午後三時すぎ。

ニューヨーク本局の食堂で一人、ミラお手製の巻きクレープ《パラチンキ》をおやつにいただいていると、

「モロハーーー！」

研修から帰ってきたソフィアが、息せき切って駆《か》けてきた。

「お帰りな——」

「聞いて欲しいデース！」

挨拶《あいさつ》も言わせてもらえないうちに跳《と》びかかられ、抱きつかれる。

椅子に座っていた諸葉が、軽々持ち上げられてスタンド状態にさせられる。

そのままハグかプロレス技かわからない膂力《りょりょく》で抱きしめられる。

「ど、どうしたんです……か？」

大きな胸の谷間で溺《おぼ》れかけ、息も絶え絶えに聞き返す諸葉。

ソフィアは顔を合わせるために一度抱擁《ほうよう》を解《と》き、

「ワタシ……ワタシ……日米親善使節《にちべいしんぜんしせつ》に任命されたデース！」

また全力でハグしてくる。

「もう少し詳しい話を聞かせてもらえるとうれしいんですが。……あともう少し力も緩《ゆる》めてくれるとなおうれしいです」

今度は身構える猶予《ゆうよ》があったので、間に腕を入れてガードする余地を作る諸葉。

「ごめんなさい！　ワタシってばうっかりデース」

ソフィアがはにかみながら、力を緩めてくれた。

でも抱擁は続けたままである。このハグ魔《ま》さんめ。

どっちに顔をよじっても、弾力あるバストが押し付けられる状態に悩まされながら、諸葉はソフィアの説明を聞く。

「昨夜、サー・エドワードから連絡が、ボスのところへ来たらしいのデース」

「あいつ、またろくでもないこと思いついたんじゃないでしょうね……」

「とんでもないデス！」

またハグの加減を忘れながら、ソフィアが力説する。

曰《いわ》く――

雷帝《らいてい》が失権し、シャルルが大人《おとな》しくなり、ヂーシンが失踪《しっそう》した昨今《さっこん》、白騎士機関《しろきしきかん》を構成する六組織の間に無駄な緊張はなくなり、小競《こぜ》り合《あ》いも皆無になった。

であればこの機に、もっと組織間を親密にする努力を始めないか？

具体的には、組織間で親善使節を派遣し合わないか？

エドワードが提唱し、六頭会議を行うまでもなく各国が賛成し、すんなりと可決された。


「だからアメリカ支部も大急ぎで、各国に派遣する親善使節を選出したのデース。日本担当は事情に精通しているワタシということになったのデース」

「おめでとうございます……おめでとうございます……だから……ゆる……めて……」

豊満な胸の谷間で窒息《ちっそく》しかけながら、諸葉は祝った。

「ありがとうデス、モロハ！」

しかしソフィアは感極まったように、逆に力を入れてくる。

「もう……っ。ダメだっ……」と思ったその瞬間、食堂にミラ、ノーマ、チキがやってきて、ソフィアの意識がそっちに向いた。おかげでハグが緩んだ。

諸葉は胸の谷間から顔を上げ、空気を貪《むさぼ》る。

一方、ミラたちが口々に言う。

「喜んでるのはいいけど、大役だってちゃんとわかっているかしら？」

「ソフィーが日本でヘマやったら、あたしたちの顔に泥が塗られるわけだしー。ちゃんと媚《こ》び売るんだよー☆　できるー？」

「つーかオレだったら、日本とアメリカを行ったり来たりなんてメンドックサくてできねえぜ」

それを受けたソフィアもぼやき節《ぶし》で、

「わかってるデス。どれだけ大変か、想像しただけで頭が痛いデース」

そう答えたが、彼女の頬《ほお》は緩みっぱなしだった。

親善使節なら両国を行き来するのが当たり前。

日本にいる間はその気になれば実戦部隊《ストライカーズ》の皆と会える、アメリカにいる間は家族たちと食卓を囲める。また、日本の《救世主《セイヴァー》》たちと仲良くなればなるほど、裏切りどころか祖国の利益となるわけで。

ソフィアにとってはまさに願ったり叶ったりの役職であろう。

長年秘《ひ》めた苦悩がきれいさっぱり解消され、今日のソフィアの笑顔は一段と晴れやかだった。

諸葉も彼女の背中を叩《たた》いて、

「よかったですね。ほんとに」

「ハイ！　きっと悩んでいたワタシのことを、神様が見ていてくれたのデース！」

無邪気《むじゃき》に微笑《ほほえ》むソフィア。

それを見て、ノーマとチキが意地悪《いじわる》げな顔つきになった。

「あいつ、なーんも知らねーでやんの」とばかりに目と目で語り合う。

「内緒ですからね！」と諸葉は即座にアイコンタクト。

「わかってるわ」とミラが目配せしてくれて、ノーマとチキを肘《ひじ》でつついて窘《たしな》める。

もちろん、恐《こわ》い「長女」に逆らう愚《ぐ》を行う二人ではない。

ソフィアの胸の中で、諸葉も胸を撫《な》で下ろす。


昨日、ソフィアと一緒に病院へ行き、しばし別行動をとった時のことだ。

諸葉は電話でアーリンに相談した。

「普通、どこの国にも外交官とか大使館って制度があるじゃないですか？　ああいうのに相当するものって、白騎士機関にはないんですかね？」

『あるわけないヨー。私たちは基本、他の支部に自分たちの詳しいことは知られないよウ、隠してるんだもン』

「そりゃそうかあ……」

どこも戦闘記録映像すら他国には見せない、秘密主義だったことを諸葉は思い出す。

「でも、そういうのって無益じゃありません？　俺《おれ》たちの本分は《異端者《メタフィジカル》》を斃《たお》すことなのに……。お互いいろいろ協力し合って、融通《ゆうづう》し合った方が、合理的ですよね？」

『私はそう思うヨ。私はネ』

アーリンは即答した。

アメリカに来て、彼女の人柄に触れ、知ったればこそ、諸葉も振ってみたのだが。

期待通りの返事をくれた。

『でも、私だってウチの子たちを守る責務はあるからネー。あっちが腹《はら》に一物《いちもつ》持ってるのニ、こっちだけバカ正直になるなんてゴメンだヨ？』

「その理屈はわかります」

諸葉もまた即答した。

「いきなりベタベタするのは無理でしょうけど、ちょっとずつ仲良くなっていこう……みたいな努力は始めてもいいんじゃないッスかね？」

『その手始めに親善使節制度を作ろうッテ？』

「いや、まあ、子どもの思いつきなんですけどねっ。ホラ俺オコサマなんで、思いついちゃったら得意げに主張したがるお年頃というか、空気読めないっていうか――」

『君ってどこまでお節介焼きなのかなア？』

アーリンが呆《あき》れ声で言った。

『要するにソレさ、ソフィーや、引いては私たちのために言ってるんでしョ？』

「いや、そんな御大層《ごたいそう》なことは考えてませんてば」

『親善使節制度作ろうぜなんて、御大層なこと言い出した奴《やつ》がよく言うヨ。でモ、難しいと思うヨー？　特にシャルルとアンドーの偏屈《へんくつ》ヤローがゴネるんじゃないカナ』

「そ、そこをアーリンさんの御威光《ごいこう》でなんとか……」

『自慢じゃないケド、私ってそんなに発言権ないんだってバ』

「じゃあ、エドワードをおだてて木に登らせるとか」

『さらっと恐いこと言うネ、君』

アーリンがまたも呆れ返る。

でも、

『マ、いいヨ。私から提唱してあげル』

「ありがとうございますっ」

『ただシ、言い出しっぺはモロハ君だって皆に伝えるヨ？』

「はい！　そこはもう、口にした責任はとるつもりですから」

そういう話になり、メレインの見舞いが終わり、ソフィアと本局へ帰った後だ。

工房へ諸葉はこっそりと向かった。

アーリンは定位置で、戦いの疲れも見せずに大釜《おおがま》をかき混ぜながら、

「さっきの件、即決したヨ」

自身もうれしそうに報告してくれた。

「早かったですねっ」

「うン、私もびっくりダ」

作業の手は止めず、アーリンが教えてくれる。

「エドワードは二つ返事でOKだったヨ。ロシアで副支部長になったナントカちゃんは、『ハイムラはんに一つ貸しやでって伝えとってもろてエエです?』だッテ。あの子の英語の訛《なま》りは面白《おもしろ》いネ。迭戈《ディエグア》は『ヂーシンの代わりに使えるもんを送ってくれるなら、わしぁ大歓迎よ』って言ってタ。使節をコキ使う気だネ、あれハ。

シャルルは最初、『何を企《たくら》んでやがる?』とか疑《うたぐ》り深いこと言ってたんだけド、モロハ君の案だって伝えたらサ、『生意気な小僧《こぞう》だ、オレたちに指図《さしず》するか? オレたちはいったいいつから七人目の部下になったのだろうな、記憶にないな――』とか小一時間くらいモロハ君への嫌味《いやみ》を聞かされて面倒臭かったけド、結局一言も反対せずに電話切っタ。あいつマジ面倒臭イ。
デ、五人が賛成したからラ、アンドーも渋々《しぶしぶ》賛成って感じカナ」
「……大変な役押し付けてごめんなさい。……ありがとうございます」
でも、本当によかった。
何もソフィアたちのためだけじゃない。
他の支部の者たちにも一度、アメリカ支部の中をつぶさに見てもらいたいのだ。
上下の垣根《かきね》がなくて。
家族の如《ごと》く一人一人の結びつきが強くて。
それでいて外部に対して排他的《はいた》でなく、むしろ利他的《りた》ですらある。

このアメリカ支部の在《あ》り様を知り、必要な部分があれば吸収して欲しいのだ。

「どういたしましテ、モロハ君」

物思いに耽《ふけ》っていると、アーリンが楽しげに答えた。

「でモ、君のお節介焼きには敵《かな》わないサ」

作業の手を止めてきゃらきゃらと笑った。

その横顔が諸葉にはとても印象的だった。


——そういうわけなのだが、別にソフィアが知る必要はどこにもない。

喜んでくれれば、諸葉もうれしい。

卒業後も亜鐘《あかね》学園に遊びに来てくれれば、サツキだってうれしいはずだ。

ソフィアは諸葉を抱きしめたまま、

「悲しいお報《しら》せもあるデス。立派な親善使節になれるように、特別研修も受けることになったデス。亜鐘学園に戻るのは多分、卒業式前になってしまうデス」

「それは仕方ないですね……」

「だから、ワタシからサツキたちへのお土産《みやげ》を、モロハが持って帰って欲しいのデス」

「わかりました。預かります」

「後でショッピングに出かけるデース」

ソフィアが陽気に言い出すと、

「あ、だったらあたしも行くー☆」

「オレも同行させてもらうぜ。こないだ、大将《たいしょう》とまともに遊べなかったしな」

チキとノーマが乗ってくる。

「ええ、皆で行きましょうか」

諸葉も否《いな》やはない。

どこに行こうかとソフィア、ノーマ、チキが額を突き合わせ、ミラが「私も事務処理がなかったら……」と悔しがり、諸葉は出かける前にお菓子の残りを平《たい》らげる。

そうしていると――

「うぉーっす。ただいまー」

食堂にがらっぱちな声が響き、メレインが姿を見せた。

「レイ⁉」

「まあ。あなた、検査入院はどうしたの？」

ソフィアが素《す》っ頓狂《とんきょう》な声を上げ、ミラが眉をひそめる。

「ちゃんと受けたよぉ。ドクターが『医者を四十年続けて、こんな健康体は初めて見た』って、帰してくれたの。嘘《うそ》だと思うなら確かめてみな」

メレインは自慢げに力こぶを作ってみせた。

ソフィアたちは苦笑いを浮かべるしかないといった表情。

しかしメレインはその空気をスルーして、諸葉の方へやってくる。

「よお、モロハっつったっけ？　あんたのおかげでアタシは助かってんだってな。昨日は礼も言えなくてすまなかったよ」

諸葉もフォークを置いて立ち上がり、握手を交わす。

メレインも一八五センチはあろう長身で、やや見上げながら答える。

「俺は大したことしてないですよ。メレインさんが助かったのは、ソフィー先輩や皆さんのがんばりです」

「レイでいいさ。呼び捨てだともっといいね」

「じゃあ、レイ。退院おめでとうございます」

「ありがとう。そして、助けてもらったお礼もさせてくれ」

「え？　ええ。どうぞ――」

諸葉が言いきるか言いきらないかのうちに、メレインが大胆な行動に出てきた。

唇を唇で塞がれる。

英語で言えばＫＩＳＳだ。

身長差があるので、メレインがヒョイと腰を屈《かが》めるだけで可能な高速キスだ。

（こんなとこまで似た者姉妹!?）

と、内心パニックになりかける。

いやきっと軽いお礼、軽い挨拶みたいなものだろう。欧米人のフランクさだろう。

そう思って心を落ち着けようとする。

メレインが唇《くちびる》を離してくれるのを待つ。

そしたら、舌が入ってきた！

離してくれるどころの話じゃない、ねろんねろんと口腔《こうくう》内を蹂躙《じゅうりん》させる。

「んんんんんん……！」

諸葉は逃げようとするが、巨体にがっちりホールドされて逃げられない。

その間、メレインの舌に好き放題弄《もてあそ》ばれる。

諸葉は猫のように背中の毛を逆立てたまま、凍《こお》り付いた。

たっぷりねっとりフレンチキスを堪能《たんのう》し、ようやくメレインが解放してくれる。

「ごっそさん。なんかミラのクリームの味したー」

イイ顔でのたまうメレイン。

「NOOOOOO！　それのどこがお礼デスか！　レイが楽しんでるだけデース！」

「あ、そっか。ワリィ、モロハ」

まだ固まっている諸葉の肩を、メレインが叩いた。

「もうっ。レイはフリーダムすぎデスっ。出かけるデスよ、モロハ。こんな狼《おおかみ》とは一緒にいられないデス」

　ソフィアが右手を引っ張ってくれて、諸葉は我に返ることができる。

「なんだよ、出かけるならアタシも連れてけよ」

　ところがメレインに左手をつかまれる。

「今度こそお礼な、モロハ。アタシと大人のデートしようよ、ヒヒヒ」

「横からずるいよー、レイー。あたしが先にツバつけたんだよー☆」

　しかもチキまで後から抱きついてきて、事態はややこしくなってきた。

「アタシは先に唾液《だえき》交換したけどな、ヒヒヒ」

「この人、中身オッサンでしょっ？」

　諸葉は悲鳴を上げさせられる。

「ハッハーッ、モテモテだなあ大将」

「笑ってないで助けてくださいよ、ノーマさんっ」

（いいわ、もっとおやりなさい。全てはアメリカ支部のために）

「目配せで煽《あお》ってないで助けてくださいよ、ミラさんっ」

「出かけるなラ、お土産買ってきてヨー」

「いつの間にいたんですか、アーリンさんっ」

　そして、あなたも見捨てるのね……。

諸葉が肩を落としていると、

「みんな無茶ばっかり言わないで欲しいデス！　モロハは日本に可愛《かわい》い女の子をたくさん残してきているのデスから！」

ソフィアがガッシリと、諸葉の腕に腕をからめてきた。

ワタシが守ってみせるとばかりに。

「大丈夫だよ、恋愛は別腹って言うだろ？」

メレインがガッシリと、諸葉の腕に腕をからめてきた。

こいつは譲《ゆず》らねえぞとばかりに。

諸葉よりもずっと大きな女性二人に両腕をつかまれ、引っ張り合いのカウントダウン十秒前なこの空気……っ。

脳裏に「バーゲンセールで真《ま》っ二《ぷた》つになった婦人服」のイメージが浮かぶ。

諸葉はゾーっと蒼褪《あおざ》めて、

「皆で仲良く買い物行きましょうよ！　ね！」

生存本能に衝《つ》き動かされるままに絶叫した。

「チッ。仕方ないなあ、皆で行くかあ」

「モロハ君が言うなら仕方ないよねー☆」

「モロハが納得したならワタシから言うことはないデス」

ソフィア、メレインに仲良く引っ張られ、チキに後から押される。

諸葉は諦《あきら》めて、されるがままになる。

しょんぼり肩を落とす。

でも——

「行ってらっしゃーイ。お土産はジルコンとかチタンがいいナ」

アーリンがそう言ってソフィアに甘え、

「クレープとかケーキなら買って帰るデース」

ソフィアがアーリンにウインクする。

すっかりわだかまりの解《ほど》けた二人の様子を見ると、うれしくて、細かいことなんてどうでもよくなったのだった。

学校へと続く地獄《じごく》坂を、春鹿《はるか》は駆け登っていた。

「やば、やば、やば、やば……」

急いでいる。もう少しで昼休憩が終わり、午後の実技が始まってしまう。

すぐ後には同じように走る、一番仲のいいクラスメイトがいる。

昼休憩が始まり、彼女が急に「いなだ屋の牛丼食べたくない？」と言い出し、唆《そそのか》され、校外に食べに出たはいいのだが、今日に限ってサラリーマン客で混んでいて、帰りはこの有様《ありさま》だ。

「近道行くよっ」

春鹿は友人に一声かけると、全身にサファイアブルーの通力《プラーナ》を纏《まと》う。

坂道を跳び出して、コンクリートで舗装《ほそう》されたほぼ垂直の崖《がけ》を駆け上がる。

悪路どころかもはや道とも呼べぬコースだが、ここを登りきると講堂のすぐ裏手に出て、そこから目指す更衣室はすぐだ。

あらゆる場所を、ものを足場に変える神仙歩法《しんせんほほう》、《文曲《もんぎょく》》を使ってぶっ飛ばす。

「待ってよ、百地《ももち》！　あんた速すぎっ」

友人も真似《まね》をするが、春鹿ほど《神足通《じんそくつう》》を鮮やかには使いこなせず、遅い。

「へへーん、修行が足りないんじゃない？」

遠慮のない間柄だ、春鹿は得意げに振り返った。

その目をしばたたかせる。

えっちらおっちら《文曲》《もんぎょく》で登ってくる親友――その後。
何者かがまた《文曲》《もんぎょく》を用い、垂直の崖を駆け上がってくるのが見えた。
スカイブルーの通力《プラーナ》を纏う、見知らぬ白人の男だ。
カウボーイハットを片手で押さえ、腰には二本の剣を吊《つ》るしている。
あっという間に親友を追い越し、春鹿を追い越し、先を行く。
お株《かぶ》を奪われ、春鹿も「コンニャロ！」と本気を出して追いかけるが、縮《ちぢ》まらない。
男が先に登りきり、やや遅れて春鹿も講堂裏に到着。
カウボーイハットを押さえたまま振り返った男が、
『速いねえ、お嬢ちゃん。やっぱあんたも、実戦部隊《ストライカーズ》の一員ってことでいいのかな？』
気さくな――それでいて物騒《ぶっそう》な笑《え》みを浮かべた。
我知らず懐《ふところ》の認識票《IDタグ》を確かめさせられるような、怖《こわ》い表情だ。
『オレはレナード・ヴァン＝パーシー。六翼会議《シックスウィング》の一翼《いちよく》さ』
男は名乗り、いきなり剣の柄《つか》に左手をかける。
春鹿ももう認識票《IDタグ》を抜く。
諸葉はまだアメリカに行ったままだ。
額を汗が、一筋流れ落ちる。
『あいにくと名刺は切らしていてね。だから、見てなよ？』

笑いながらゆっくりと剣を抜くレナード。

春鹿はぎょっとさせられる。

レナードの剣は根元から先、刀身が存在しなかったのだ。

異形《いぎょう》、無形《むぎょう》の剣。

それで何をしようと言うのだろうか？　レナードが左手一本、掲げるように構えた。

途端《とたん》――根元から炎を噴《ふ》き出して、刀身代わりとなる。

それだけではない。

レナードが蒼穹《そうきゅう》色の通力《プラーナ》を注ぎ込み、紅蓮《ぐれん》の炎と混ざり合い、重苦しいプレッシャーを放つ。

（あれって……諸葉の太極と一緒じゃん……）

愕然《がくぜん》となった春鹿の前で、レナードは物騒な笑みを浮かべたまま左手を振るった。

わずか一刀《いっとう》。まさに閃剣《せんけん》。

ただそれだけで、何千トンの大質量を持つ講堂が木端微塵《こっぱみじん》に吹き飛んだ。

爆砕《ばくさい》の轟音《ごうおん》で春鹿の鼓膜《こまく》がバカになる。

思わずにはいられなかった。

諸葉がショッピングモールごと九頭大蛇《くずおろち》を斃《たお》した時、間近で見ていたサツキや静乃《しずの》の驚愕《きょうがく》は、
戦慄《せんりつ》は、今この恐怖と等量であったのだろうか。

――と。

あとがき

皆様一月ぶりです！　あわむら赤光《あかみつ》でございます。

この本が出ますころには、アニメ版「聖剣使いの禁呪詠唱《ワールドブレイク》」が絶賛放映されているころですが、皆様にもお楽しみいただけておりますでしょうか？　ニコニコ動画様等ネットでも配信されておりますので、ぜひぜひチェックしていただければと。

そして、そんなアニメ版の放送に刊行スケジュールを合わせまして、先月の十巻、この十一巻と、あわむら人生初の「同シリーズ二カ月連続刊行」を果たすことができました。

こういうことでもなければ、連続刊行なんてオトナの事情で難しいんですよ。

担当のまいぞーさんには「絶対死ぬからそんな無茶はやめておいた方が……」って言われたんですが、僕が「一度チャレンジしてみたいんだ！」とゴネて決定。僕的に「おまえさんならデキるデキる」という思いもあったんですが、小学生でもしないような勘違いをしておりまして。「九巻書いて、三カ月後までに十巻仕上げて、四カ月後までに十一巻を仕上げればいいんだ」とか思い込んでたんですよ。でもいざ始めたら、なぜかスケジュール追いつかない不思議。

冷静になってカレンダーを見て、「これって四カ月で三冊書かなきゃいけないペースなんじゃないか？」と気づいて蒼褪《あおざ》めたという、実にアホなことをやらかしてしまいました。リアルに僕、コンドラートに《源祖の業》《アンセスタルアーツ》かけられてたんじゃねえの？　って気分でした。それでも死に物狂いでなんとか書き上げました！　ハイペース刊行になりましたが、皆様にも喜んでいただけましたら幸いであります！

というわけで感謝のコーナーに参ります！

まずは大変なスケジュールにもかかわらず、完璧な縞《しま》ニーソックスの表紙絵や、静乃《しずの》の艶姿《あですがた》を描いてくださった、イラストレーターのrefeia様。どうか、お体ご自愛くださいませ。

破綻寸前だったスケジュールを、お休み返上で繋ぎ留めてくださった、担当編集のまいぞーさん。同じく、正月返上させてしまいました北村編集長とTさん。本当にごめんなさい。そして、ありがとうございます！

もなさんにも編集部や営業部の皆さんにも、お世話になりっ放しになっております。

僕以上に大変な想いで製作に当たっていらっしゃるだろう、ワルブレアニメ、コミックに携わる皆様にも大大大感謝を！

コンドラート様も僕に《源祖の業》《アンセスタルアーツ》をかけてくださって大変恐縮です。

そして、勿論、この本を手にとってくださった、読者の皆様、一人一人に。

広島から最大級の愛を込めて。

ありがとうございます！

次巻、諸葉のいない亜鐘学園に六翼会議の魔の手が――乞《こ》うご期待であります！

ファンレター、作品の
ご感想をお待ちしています

〈あて先〉

〒106－0032
東京都港区六本木2－4－5
ＳＢクリエイティブ（株）
GA文庫編集部 気付

「あわむら赤光先生」係
「refeia先生」係

右の QR コードより
本書に関する アンケート にご協力ください。

※回答の際、特殊なフォーマットや文字コードなどを使用すると、読み取る事ができない場合がございます。
※中学生以下の方は保護者の了承を得てから回答してください。
※アクセスの際や登録時に発生する通信費等はご負担ください。

http://ga.sbcr.jp/

聖剣使いの禁呪詠唱《ワールドブレイク》 11

発　行　　2015年2月28日　初版第一刷発行
著　者　　あわむら赤光
発行人　　小川　淳

発行所　　SBクリエイティブ株式会社
〒106－0032
東京都港区六本木2－4－5
電話　03－5549－1201
03－5549－1167(編集)

装　丁　　AFTERGLOW(山崎　剛／西野英樹)

印刷・製本　中央精版印刷株式会社

ISBN978-4-7973-8234-1
Printed in Japan　　GA文庫

路地裏バトルプリンセス

空上タツタ

イラスト／平つくね

少女の魔拳は——
一撃必殺!!

ある夜、路地裏で高校生の日月《たちもり》は、姿を偽り腕を競う路上格闘技《血闘《ストラグル》》に身を賭す一人の少女と出会う。彼女の姿は、全ての敵を「一撃」で沈め、そして消えた伝説のランカー《魔王少女》のもの。ところが日月はそんな《魔王少女》を「一撃」で沈めてしまう！　「いるもんだな……ニセモノって」——。本物の一撃に憧れる少女が戦うことを辞めた少年と出会い、新たな伝説が刻まれる!!

電想神界ラグナロク

木野裕喜
イラスト／キンタ

冷凍睡眠《コールドスリープ》から目覚めた式守雄馬《しきもりゆうま》は資源を得るためVRゲームを強制される。素人を達人に変える『ジョブアシスト』で戦うプレイヤーを、失われた知識と『神刀式守流』剣術だけで圧倒する雄馬。先に目覚めて同い年となった妹・柚季《ゆずき》と、日本の象徴"天津"の血を引く少女・葦原美琴《あしはらみこと》とともに、争い続けている日本再統一を決意。日本再興・戦争終結の鍵を握るゲームクリアを目指し無双する!!

未来／珈琲 彼女の恋。2

千歳 綾

イラスト／アマガイタロー

GA文庫

未来で再び雪音が消えた!?
トラブルいっぱいの第2弾!

「父さん、大変なのさ!」「それはわかったけど……お前何で下着なの?」雪音《ゆきね》と鈴音《すずね》を未来へ送り返した日。再び未来から鈴音が落ちてきた。聞けば雪音が未来でまた過去に飛んでしまい、慌てて鈴音も飛んできたという。異能はもう使えないはずなのに、雪音はいったいどこへ何しにどうやって——?　新たな家族も迎えて贈る、ちょっと不思議で温かい、第6回GA文庫大賞奨励賞受賞作、待望の第2弾。